Kaori Yuki
Extrait 0.
Le Parfum

FUM

LE
PAR

Sommaire

LE PARFUM

NEZ [NE] N.M.
TERME DÉSIGNANT UN CRÉATEUR CAPABLE D'ASSOCIER PLUSIEURS ESSENCES POUR EN FAIRE UN PARFUM. LE NEZ EST ÉGALEMENT APPELÉ "PARFUMEUR" OU ENCORE "FRAGRANCE DESIGNER".
TOUS LES JOURS, OÙ QUE J'AILLE, JE CROISE UNE INFINITÉ DE SUBSTANCES DÉGAGEANT CHACUNE UN ARÔME DIFFÉ-RENT
EN D'AUTRES TERMES...
CE QUI M'EST ARRIVÉ CE JOUR-LÀ TIENT DU MIRACLE...
IL ÉTAIT FORT PEU PROBABLE QUE JE REÇOIVE CE MESSAGE
HÉ, REGARDE
C'EST QUI, CE TYPE ?

EFFET PROUST
FACULTÉ PERMETTANT À SON POSSESSEUR DE SE REMÉMORER DES SOUVENIRS EN SENTANT LE MÊME PARFUM QU'À CETTE ÉPOQUE.

C'ÉTAIT SON PARFUM… À "ELLE" ——
MON NOM EST KANADÉ. JE SUIS CE QU'ON APPELLE UN NEZ : CRÉER DES PARFUMS, C'EST MON MÉTIER DEPUIS LONGTEMPS
MON ODORAT EST NATURELLEMENT TRÈS DÉVELOPPÉ, ET AVEC LA PRATIQUE, JE SUIS DEVENU CAPABLE D'IDENTIFIER N'IMPORTE QUELLE ODEUR
"CELLE-
", JE LA
ECON-
AÎTRAIS
NTRE
ILLE…

MÊME AUJOURD'HUI...
HÉ, MA COCOTTE, T'ES AMÉRICAINE ?
WAOUH, DE VRAIS CHEVEUX BLONDS !
T'ES VACHEMENT GRANDE... ET T'AS LES JAMBES FINES, EN PLUS !
TU SERAIS PAS MANNEQUIN, PAR HASARD ?
TU COMPRENDS LE JAPONAIS, OU PAS ?
EXCUSE ME ARE YOU VIRGIN ?
DES CHEVEUX BLONDS ?
ピク
C'EST PAS POSSIBLE
JE VOUS TROUVE UN PEU TROP FAMILIERS ...
AVEC MOI !

C'EST BIEN TOI, ANAÏS...
MASQUE DE PAINTBALL
ON SE FAIT TOUJOURS REMARQUER, QUAND ON EST AVEC TOI...
JE NE SUIS PAS AMÉRICAINE. JE SUIS FRANÇAISE, MOI, MÔSSIEUR !
MÊME SI JE NE PARLE QUE JAPONAIS
ET TOI, TU PENSES PEUT-ÊTRE QUE TU PASSES INAPERÇU, KANADÉ ?
ばっ
ÇA DOIT TE GÊNER POUR TON TRAVAIL
JE N'AIME PAS LA FOULE, ÇA TORTURE MON PAUVRE NEZ TROP SENSIBLE
ET JE NE BOIS QUE DE L'EAU MINÉRALE POUR NE PAS DÉGAGER D'ODEUR CORPORELLE TROP FORTE
JE PENSAIS QUE CE MASQUE ME PROTÉGERAIT UN PEU DES AGRESSIONS OLFACTIVES
C'EST TOUT CE QUE J'AVAIS SOUS LA MAIN
LES GENS NE SAVENT PAS À QUEL POINT C'EST PÉNIBLE, D'ÊTRE UN PARFUMEUR DE GÉNIE

TU AS DU FLAIR, ET ALORS !?
T'ES COMME LES CHIENS, C'EST TOUT
OUAF OUAF
BON ALLEZ, ACCOUCHE
DE QUOI ?
LE DOJO EST FERMÉ POUR TRAVAUX, JE M'ENNUIE UN PEU
ARGH
ÇA FAIT DEUX OU TROIS JOURS QUE TU ES PLANTÉ DANS LE MÊME CAFÉ, D'APRÈS MES INFORMATIONS
T'AS INTÉRÊT À ME DIRE CE QUE TU MANIGANCES
TU VAS PAS FAIRE DES CACHOTTERIES À TA CHARMANTE COUSINE, QUAND MÊME ?
C'EST BON !
J'AI COMPRIS, LÂCHE-MOI !
TU SAIS QUE DE TEMPS EN TEMPS, JE VAIS COMPOSER DES PARFUMS DANS UN SALON FRÉQUENTÉ UNIQUEMENT PAR DES DAMES DE LA HAUTE ?
AÏE AÏE AÏE
LÀ-BAS, J'AI FAIT LA CONNAISSANCE DE LA FILLE DE MADAME SHIKISHIMA...
QUOI ?
TU VEUX PARLER DE TSUBOMI SHIKISHIMA ?
CELLE QUI A LE MÊME ÂGE QUE MOI... ET QUI EST PORTÉE DISPARUE ?!

C'EST UNE FILLE DE BONNE FAMILLE, IL ME SEMBLE
QU'EST-CE QUI S'EST PASSÉ, À TON AVIS ?
JE N'EN SAIS ENCORE RIEN, JUSTEMENT. J'ESSAYE DE VÉRIFIER QUELQUE CHOSE...
À PARTIR DE SON PARFUM...
DE SON PARFUM ?
OUI, JE SUIS SÛR QUE C'ÉTAIT LE SIEN
OH, MONSIEUR KANADÉ !

REGARDE, TSUBOMI ! C'EST UN PARFUM QUE J'AI COMMANDÉ À MONSIEUR KANADÉ POUR TON ANNIVERSAIRE. UNE FRAGRANCE UNIQUE, RÉALISÉE SPÉCIALEMENT POUR TOI
JE L'AI APPELÉ "ROSEBUD" EN RÉFÉRENCE À TON PRÉNOM'
' Tsubomi signifie bourgeon, en japonais
COMME ME L'A DEMANDÉ VOTRE MÈRE, J'AI UTILISÉ DE L'EXTRAIT NATUREL DE ROSE EN GRANDE QUANTITÉ, CE QUI LUI CONFÈRE UN ARÔME TRÈS PROFOND. DE PLUS, SA TEXTURE TRANSLUCIDE VOUS ENVELOPPERA D'UNE FRAÎCHEUR RAPPELANT LA ROSÉE DU MATIN
OH... C'EST MAGNIFIQUE
J'ESPÈRE BIEN. LES PARFUMS DE MONSIEUR KANADÉ DOIVENT SE COMMANDER PLUSIEURS MOIS À L'AVANCE, VOIS-TU
HO HO HO...
CE PARFUM ME FAIT TOUT OUBLIER... IL ME PLONGE DANS UNE FÉLICITÉ QUI ÉCLIPSE TOUT CE QUI M'ENTOURE...

C'EST UNE FAÇON ORIGINALE DE LE DÉCRIRE
EN EFFET, MALGRÉ SA GRANDE CAPACITÉ DE MASQUAGE, LE PARFUM NE PEUT PAS CAMOUFLER LES SENTIMENTS
DE MASQUAGE !?
ON RACONTE QUE LES ORIGINES DU PARFUM REMONTENT AU Vᴱ MILLÉNAIRE AVANT J-C. MAIS C'EST EN FRANCE QU'IL S'EST VÉRITABLEMENT DÉVELOPPÉ, ET CE POUR CETTE RAISON, ENTRE AUTRES
LES GENS DE LA NOBLESSE PORTAIENT DES ACCESSOIRES EN PEAU, QUI DÉGAGEAIENT UNE FORTE ODEUR ANIMALE. DE PLUS, L'USAGE DES TOILETTES N'ÉTAIT PAS ENCORE RÉPANDU. C'EST POURQUOI ILS UTILISAIENT BEAUCOUP DE PARFUMS POUR MASQUER TOUTES CES ODEURS...
MASQUER DES ODEURS...
MÊME DANS LE PLUS SOMPTUEUX DES PALAIS, LES TOILETTES SE LIMITAIENT À UN SIMPLE POT DE CHAMBRE, OU ENCORE UN BUISSON AU FOND DU JARDIN
JE VOUS PRIE DE M'EXCUSER...
JE NE ME SENS PAS TRÈS BIEN
AH, MON HISTOIRE VOUS A CHOQUÉE PAR SA VULGARITÉ ?

OH, MA FILLE EST VRAIMENT INTENABLE...
JE SUIS DÉSOLÉE, MONSIEUR KANADÉ
J'AI L'IMPRESSION QU'ELLE EST ENCORE EFFRAYÉE...
EFFRAYÉE ? MAIS PAR QUOI ?
BON SANG, QUE JE SUIS SOTTE... JE NE SAIS PAS TENIR MA LANGUE...
MA FILLE S'EST LONGTEMPS FAIT HARCELER PAR UN HOMME ÉTRANGE...
UN MANIAQUE...
OUI...
AU DÉBUT, IL SE CONTENTAIT DE LA SUIVRE...
MAIS UN JOUR, IL L'A ENLEVÉE DANS SA VOITURE... NOUS SOMMES ALLÉS LA SAUVER, BIEN SÛR...
DEPUIS, J'AI ENGAGÉ UN GARDE DU CORPS POUR LA PROTÉGER. MAIS CET HOMME A PLUTÔT MAUVAIS GENRE, ON DIRAIT UN YAKUZA...

J'AI ÉLEVÉ MA FILLE TOUTE SEULE, VOUS COMPRENEZ
J'AI TELLEMENT PEUR QU'IL LUI ARRIVE QUELQUE CHOSE...
PAUVRE TSU-BOMI...
D'ACCORD
MOI AUSSI, J'AI UN DÉTRAQUÉ QUI ME HARCÈLE
TOUS LES JOURS, IL M'ATTEND SUR LE QUAI DU MÉTRO. QUAND IL S'APPROCHE DE MOI POUR ME TRIPOTER, JE LUI DONNE UN GRAND COUP DE PIED FRONTAL ET JE FINIS PAR UNE CLEF D'ÉPAULE POUR LE METTRE À TERRE
BON, BREF...
QUELQUE TEMPS PLUS TARD, TSUBOMI A DISPARU
SA MÈRE EST EN DÉPLACEMENT EN EUROPE POUR SON TRAVAIL, ET JE N'ARRIVE PAS À LA JOINDRE
ET L'AUTRE JOUR, PAR HASARD...

JE SUIS TOMBÉ SUR UNE SCÈNE SINGULIÈRE...
UN HOMME PORTAIT UN BOUQUET DE ROSES AUXQUELLES ÉTAIT MÊLÉ "SON" PARFUM. C'ÉTAIT FURTIF, MAIS JE L'AI RECONNU
CE PARFUM QUE J'AI CRÉÉ EN UN SEUL ET UNIQUE EXEMPLAIRE POUR TSUBOMI…
EN TANT QUE NEZ, J'AI UN TALENT PARTICULIER POUR RECONNAÎTRE À LA SECONDE UN PARFUM QUE J'AI DÉJÀ SENTI AUPARAVANT !
J'EN SUIS SÛR ET CERTAIN
C'ÉTAIT MON "ROSEBUD" !
JE VOIS...
IL SE PEUT QUE CE SOIT L'HOMME QUI AVAIT KIDNAPPÉ TSUBOMI

C'EST SÛR QUE S'IL SE POINTAIT DE NOUVEAU AVEC UN GROS BOUQUET À LA MAIN, IL SERAIT FACILE À REPÉRER...
ET C'EST POUR EN AVOIR LE CŒUR NET QUE TU RESTES DANS CE CAFÉ ? MAIS COMMENT TU PEUX SAVOIR QU'IL VA REPASSER PAR ICI ?
BEN JE N'EN SAIS RIEN...

DIS ! CE TYPE... C'EST QUAND MÊME PAS...
ÇA FAIT BIZARRE DE VOIR UN GORILLE PAREIL AVEC UN BOUQUET DE ROSES
SI, C'EST LUI
EH OUI...
ALORS ? TU AS SENTI LE PARFUM DE TSUBOMI ?
OUI... MAIS... IL Y AVAIT UNE AUTRE ODEUR...
UNE ODEUR QUE J'AI DÉJÀ SENTIE IL Y A LONGTEMPS… ASSOCIÉE À CET HORRIBLE SOUVENIR…
TRÈS LÉGÈRE... MAIS J'AI BEL ET BIEN SENTI...

"L'ODEUR...
DE LA MORT"...
MAIS...
ALORS... TSUBOMI SERAIT MORTE ?
C'EST PAS POSSIBLE !
AH...
IL FAUT PRÉVENIR LA POLICE, DÉNONCER CET INDIVIDU !
ATTENDS, ANAÏS !
QU'EST-CE QUE TU VAS DIRE À LA POLICE ?
ON NE PEUT PAS ARRÊTER QUELQU'UN PARCE QU'ON A SENTI "L'ODEUR D'UN CADAVRE" SUR LUI !
AH OUI
TU AS RAISON. DANS CE CAS...

* L'ambre est une substance animale très parfumée.

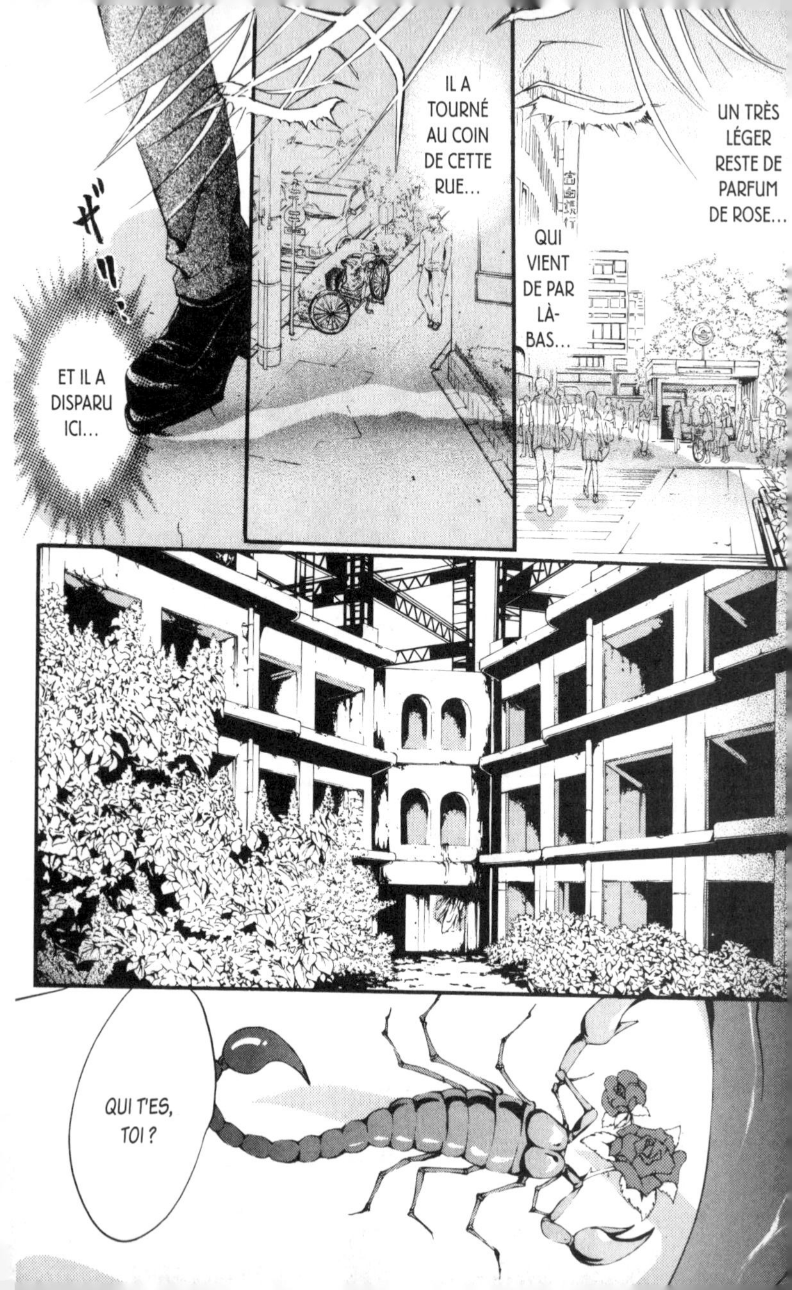
UN TRÈS LÉGER RESTE DE PARFUM DE ROSE…
QUI VIENT DE PAR LÀ-BAS…
IL A TOURNÉ AU COIN DE CETTE RUE…
ザリ…
ET IL A DISPARU ICI…
QUI T'ES, TOI ?

IL EST INTERDIT D'ENTRER ICI
EH BIEN...
OU ALORS...
C'EST POUR MOI QUE T'ES VENU ?
C'EST LE CAS, EN EFFET
JE VOUS AI SUIVI

COMME VOUS AVIEZ L'AIR D'AIMER LES FLEURS, JE ME SUIS DIT QUE VOUS SERIEZ CERTAINEMENT INTÉRESSÉ PAR MES PRODUITS...
EN FAIT, JE SUIS VENDEUR DE PARFUMS AMBULANT. ET J'AI DU MAL À REMPLIR MON QUOTA À LA JOURNÉE
COMMENT ?!
PFF..
DÉSOLÉ, MAIS J'AIME PAS SPÉCIALEMENT LES FLEURS, EN FAIT
NE DITES PAS ÇA, VOYONS ! VOICI UN ÉCHANTILLON DE PARFUM, JUSTE POUR ESSAYER
MAIS TU ME FAIS CHIER, À LA FIN !
JE METS PAS DE PARFUM, MOI ...

Vous savez qu'il faut 1.400 fleurs pour extraire un gramme d'essence de rose ?! Ce n'est pas étonnant que ce soit un produit aussi luxueux. Il paraît même que les fleurs sont cueillies très tôt le matin, quand elles ne se sont pas encore ouvertes et qu'elles n'ont pas diffusé leur senteur.

Le parfum White Rose Natural de Shiseido a été créé en 1936, à partir de roses de première qualité. Son ingrédient de base est de l'extrait naturel de roses de Bulgarie. Présenté dans un ravissant flacon de cristal, c'est un parfum prestigieux qui m'a toujours fascinée. Dommage que le prix soit tout aussi prestigieux... Ci-dessous, voici le représentant officiel des parfums à base d'extraits naturels de rose, qui m'a été présenté par un parfumeur.

Joy de Jean Patou, surnommé le roi des parfums.

CELUI-CI N'EST COMPOSÉ D'AUCUNE ESSENCE...
IL EST ENCORE À L'ÉTAT ZÉRO
ÇA COMMENCE À BIEN FAIRE !
IL Y A QUELQU'UN...
DÉGAGE !!
!

NE REMETS PLUS JAMAIS LES PIEDS ICI !
C'EST BIEN SON PARFUM !
MAIS…
SI JE TE REVOIS TRAÎNER DANS LE COIN, JE TE BUTE !!
KANADÉ !!
TU T'ES FAIT CASSER LA FIGURE ?!
…
BRAVO D'AVOIR RETROUVÉ SA PISTE, ANAÏS

JE SUIS ALLÉE INTERROGER LES FLEURISTES DU QUARTIER
UN MEC DU GENRE RACAILLE QUI ACHÈTE DES ROSES PLUSIEURS JOURS DE SUITE, ÇA SE REMARQUE
IL PARAÎT QUE CE VIEUX CHANTIER EST UN REPAIRE DE VOYOUS
MAIS...
MÊME SANS AVOIR TON ODORAT EXCEPTION-NEL...
ÇA SENT LA ROSE À PLEIN NEZ, ICI...
PAS ÉTONNANT, SI CE GARS ENTREPOSE TOUS SES BOU-QUETS...
ET TU AS RÉUSSI À RECONNAÎTRE LE PARFUM QUE TU AS CRÉÉ AU MILIEU DE TOUS CES EFFLUVES DE ROSE ? DÉCIDÉMENT, TU ES UN VRAI MONSTRE...
...
ALLEZ, IL FAUT QU'ON SE FAUFILE LÀ-DEDANS AU PLUS VITE...
JE NE TE LE CONSEILLE PAS
PARDON ?

ON RISQUERAIT D'EN GARDER UN TRÈS DÉSAGRÉABLE SOUVENIR...
EUH... IL N'EST PAS COMMODE, LE MONSIEUR ! J'AI PAS TRÈS ENVIE DE ME FROTTER À LUI
DIS, ANAÏS, TU PRÉFÈRERAIS PAS RENTRER ET ÉTABLIR UN PLAN À TÊTE REPOSÉE ?!
T'AS UNE BELLE GUEULE, MAIS AUCUN CRAN !!
QUEL MINABLE ! TU VAS PAS TE LAISSER IMPRESSIONNER PAR QUELQUES MENACES ?!
AH, ILS SONT PAS BIEN COURAGEUX, LES JAPONAIS !!
LA VIE D'UNE FILLE EST EN JEU, JE TE SIGNALE
ON NE VA PAS LA LAISSER EN PLAN
REVIENS, ANAÏS !
C'EST INUTILE...
JE ME RAPPELLE COMMENT ELLE ÉTAIT, CE JOUR-LÀ
JE REVOIS SES YEUX REMPLIS DE TRISTESSE...

C'EST PAS VRAI...
DER-RIÈRE-TOI...
ANAÏS !!
ASSASSIN !
TSUBOMI ?
AH !

TSUBOMI ?!!
QU...
QU'EST-CE QUE ÇA VEUT DIRE ?! TSUBOMI... VOUS ÊTES TOUJOURS VIVANTE ?
TSUBOMI...
VOUS VOUS ÊTES SOUVENUE DE CE QUE JE VOUS AI DIT...

LE "MASQUAGE"...
IL EST VRAI QUE LES ROSES UTILISÉES POUR FAIRE DU PARFUM NE SONT PAS DE LA MÊME VARIÉTÉ QUE CELLES-CI. MAIS AVEC UNE TELLE QUANTITÉ DE FLEURS, VOUS AVEZ PU ATTEINDRE LE RÉSULTAT ESCOMPTÉ
VOUS AVEZ PU "MASQUER" LE MEURTRE DE VOTRE MÈRE...
QUOI ?!
MAIS... ALORS...
C'EST LA MÈRE DE TSU-BOMI !!
C'EST FAUX !
C'EST MOI QUI AI TUÉ CETTE FEMME !!

TAIKI !!
HEIN !?
what's happen
VOUS ÊTES AMANTS, TOUS LES DEUX... JE M'EN DOUTAIS
QU'EST-CE QU'IL Y A DE MAL À ÇA ?!
ON ÉTAIT SINCÈRES !
J'AI COUPÉ LES PONTS AVEC TOUTES MES MAUVAISES FRÉQUENTATIONS, JE ME SUIS TROUVÉ UN JOB, C'ÉTAIT LE DÉPART D'UNE NOUVELLE VIE, POUR MOI ...
ET MALGRÉ TOUT, CETTE FEMME...

ELLE A TOUT FAIT POUR NOUS SÉPARER
ELLE A PORTÉ SUR MOI UNE FAUSSE ACCUSATION, ELLE A MÊME ENVOYÉ LA POLICE À MES TROUSSES, ET ELLE A PLACÉ TSUBOMI SOUS LA SURVEILLANCE D'UN GARDE DU CORPS !!
CE N'EST PLUS LA PEINE DE REVENIR
MAUDIT VAURIEN
TU PENSAIS AVOIR TA PLACE AU SEIN DE LA FAMILLE SHIKISHIMA ?!
ON AVAIT PRIS L'HABITUDE DE SE RETROUVER ICI
MAIS CETTE SORCIÈRE A FINI PAR AVOIR VENT DE NOTRE PETIT JEU…
MÈRE ?!
ÉLOIGNE-TOI DE TSUBOMI
JE LUI AI TROUVÉ UN FIANCÉ DIGNE DES SHIKISHIMA !
LÂCHE MA FILLE, SINON...

NE FAITES PAS ÇA, MÈRE !!
ÉCARTE-TOI, TSUBOMI !
ARRÊTEZ...
AAH !!
TSUBOMI...
IL FAUT...
QUOI ?

IL FAUT LA CACHER...
POUR QUE PERSONNE NE LA DÉCOUVRE...
IL FAUT TROUVER UN MOYEN DE LA MASQUER ENTIÈREMENT...
BIENTÔT, LE CADAVRE DE MA MÈRE COMMENCERA À SE DÉCOMPOSER...
TSUBOMI !
MAIS SI ON L'ENSEVELIT SOUS DES MONTAGNES DE ROSES, PERSONNE NE LA RETROUVERA
カン
ET ON RESTERA ENSEMBLE... POUR TOUJOURS
VA ACHETER... DES ROSES...
DES TONNES DE ROSES... VITE !
AVANT QUE MA MÈRE NE REVIENNE À LA VIE...
TSUBOMI...
EST UN PEU DÉRANGÉE !!

MAIS C'EST FINI...
CES GENS NOUS ONT TROUVÉS...
NE T'INQUIÈTE PAS...
TSUBOMI !
PLUS PERSONNE NE SE METTRA EN TRAVERS DE NOTRE ROUTE !
JE VAIS LES FAIRE TAIRE POUR L'ÉTERNITÉ !!

ギィー
カン！
カン
カン。
INUTILE DE NOUS FAIRE TAIRE...

VOICI LE COFFRET DE TRAVAIL DU PARFUMEUR, QU'ON APPELLE "L'ORGUE À PARFUMS"...
CHAQUE ESSENCE EST COMME LA TOUCHE D'UN CLAVIER ENCHANTÉ, SUR LEQUEL LE PARFUMEUR PEUT COMPOSER DES MÉLODIES PARFUMÉES À L'INFINI
MÊME QUAND ON VEUT DISSIMULER LA VÉRITÉ, ELLE RESSURGIT TOUJOURS
TELLE UNE ILLUSION ÉPHÉMÈRE, INVISIBLE À L'ŒIL ET IMPERCEPTIBLE À L'OREILLE...
MAIS ELLE RESTE GRAVÉE À JAMAIS DANS LE CERVEAU HUMAIN, DE MANIÈRE TRÈS CLAIRE
IL EST IMPOSSIBLE DE TROMPER UN PARFUMEUR, QUI GARDE LE SOUVENIR D'UN NOMBRE ILLIMITÉ DE SENTEURS, EN ANALYSE CHAQUE CELLULE...
ET PEUT TOUTES LES RECONNAÎTRE, À COMMENCER PAR L'ÉTAT ZÉRO

MERDE.
VOICI LA FIOLE QUE JE VOUS AI PRÉSENTÉE TOUT À L'HEURE, QUI SELON VOUS, NE DÉGAGEAIT AUCUN PARFUM
ANAÏS !
QU'EST-CE QUI TE PREND DE FRIMER, TOUT D'UN COUP ?
!
CE LIQUIDE N'EST PAS INODORE. C'EST UNE NUANCE ENCORE DIFFÉRENTE DES ROSES QUI REMPLISSENT CET ENDROIT...
C'EST UN ARÔME TRÈS DOUX À BASE DE ROSES NATURELLES !
?!
VOUS AVEZ BIEN RECONNU CELUI-CI, UNE ESSENCE DE JASMIN...

VOUS AVEZ ÉTÉ CLOÎTRÉS PENDANT LONGTEMPS DANS UN LIEU ENVAHI PAR UNE FORTE ODEUR DE ROSES...
VOUS VOUS ÊTES DONC HABITUÉS À CETTE ODEUR, ET VOUS ÊTES MAINTENANT INCAPABLE DE DISTINGUER UN PARFUM DE ROSE
C'EST CE QU'ON APPELLE L'INSENSIBILITÉ OLFACTIVE
VOUS NE VOUS EN ÊTES PAS RENDUS COMPTE...
PAR LÀ, J'AI ENTENDU UN COUP DE FEU !
OUI, C'EST VRAI
ÇA PROVENAIT DE CET ENDROIT QUI SENT LA ROSE
POUR LES GENS DU QUARTIER, CETTE ODEUR DE ROSE EST DEVENUE TELLEMENT SUFFOCANTE QU'ILS DOIVENT COMMENCER À AVOIR DES SOUPÇONS
J'AI VU UN HOMME SUSPECT RÔDER DANS LES ENVIRONS !
C'EST ICI ?
CAR CE PARFUM EST ENCORE PLUS FORT QUE L'ODEUR DU CADAVRE QU'IL ÉTAIT CENSÉ DISSIMULER...
VOUS VOUS ÊTES ATTIRÉS DES ENNUIS TOUS SEULS...

QUE FAITES-VOUS ICI ?!
AAH...
MAIS... C'EST UN CADAVRE ?!
KANADÉ...
JE SAVAIS QUE CELA ARRIVERAIT UN JOUR OU L'AUTRE...
GRÂCE À CE PARFUM, J'AI FAIT LE PLUS DOUX DES RÊVES, ET J'AI CONNU LE PLUS INTENSE DES BONHEURS...

MAIS MÊME LES PLUS BEAUX RÊVES...
FINISSENT TOUJOURS PAR S'EFFACER...
KANADÉ... TU L'AVAIS COMPRIS, HEIN ?
C'EST POUR ÇA QUE TU NE VOULAIS PAS ENTRER DANS LEUR REPAIRE
COMMENT TU AS FAIT POUR SAVOIR QU'ILS ÉTAIENT AMOUREUX, TOUS LES DEUX ?
EH BIEN... À CAUSE DU PARFUM

J'AI REMARQUÉ QU'IL AVAIT DES TRACES DU PARFUM DE TSUBOMI SUR SON COL
POUR UNE MEILLEURE DIFFUSION DU PARFUM, ELLE AVAIT L'HABITUDE DE L'APPLIQUER SUR LES POINTS DE PULSATION, NOTAMMENT LE CREUX DE SES POIGNETS
J'EN AI DONC DÉDUIT QU'ELLE LUI AVAIT SPONTANÉMENT PASSÉ LES BRAS AUTOUR DU COU, POUR ÉCHANGER UN LANGOUREUX BAISER

Anaïs... C'est la fille du mari Français de la jeune sœur du père de Kanadé, née d'un premier mariage. C'est une jolie lycéenne blonde comme les blés. Elle partage la vedette de cette histoire avec son cousin, et pour le moment, ni elle ni Kanadé n'ont l'air amoureux l'un de l'autre... Mauvaise perdante et impulsive, son rôle est de faire avancer l'intrigue à côté d'un héros plutôt mou et inactif. De plus, Kanadé porte des habits blancs (pour symboliser "l'état zéro"), alors en contrepartie, je fais porter à Anaïs des tenues variées et colorées. Petite précision : elle semble détester la mode gothique.

LE PARFUM
Mercure
ENCORE UN CADEAU DE KAGARI...
TON FRÈRE S'IMAGINE SANS DOUTE QUE TU AS UNE PASSION SANS BORNE POUR LES PARFUMS
HI HI...
MAIS C'EST AMUSANT AUSSI DE LES CHOISIR
J'AI L'IM-PRESSION QUE...
CE LIQUIDE EST DE L'EXTRAIT DE BONHEUR CRISTALLISÉ...

LE PARFUM

KANADÉ !
MON CHÉRI !
JE TE PRÉSENTE ANAÏS, TA COUSINE
J'ESPÈRE QUE VOUS VOUS ENTENDREZ BIEN

NE PLEURE PAS, ANAÏS
REGARDE CE QUE JE T'AI APPORTÉ
TU AS LA PEAU BLANCHE ET FINE, TU DOIS FAIRE UNE ALLERGIE AU PARFUM
DANS CES CAS-LÀ, POUR NE PAS EN METTRE DIRECTEMENT SUR LA PEAU, ON PEUT FAIRE COMME ÇA
TU VERSES LE PARFUM SUR UN PETIT MORCEAU DE COTON
ET TU LE METS DANS UN MÉDAILLON QUE TU PORTES ENSUITE SUR TOI
DÈS QUE L'ODEUR S'EST ÉVAPORÉE, TU REMETS UN PEU DE PARFUM SUR LE COTON
C'EST GÉNIAL !
COMME ÇA JE N'AURAI PLUS LA PEAU IRRITÉE, ET JE SENTIRAI BON COMME MAMAN !
TU VAS ÊTRE COMME TONTON KAGARI, TOI AUSSI ? TU VAS FABRIQUER DES PARFUMS ?
チャラ

OUI
JE PENSE...
SUPER !
ALORS TU FERAS UN PARFUM RIEN QUE POUR MOI
UN PARFUM QUI SENTE LE LYS BLANC
ET JE LE METTRAI POUR MON MARIAGE
TU ME PROMETS QUE TU NE FABRIQUERAS JAMAIS UN PARFUM DE LYS BLANC POUR QUELQU'UN D'AUTRE, D'ACCORD ?
PROMIS JURÉ !
MA COUSINE RESSEMBLAIT À UNE PETITE POUPÉE AUX CHEVEUX BLONDS ET AUX YEUX BLEUS, PARFOIS PUÉRILE ET TRÈS SOUVENT CAPRICIEUSE...
C'ÉTAIT LA FILLE DU MARI DE MA TANTE, QU'IL AVAIT EUE D'UN PREMIER MARIAGE. EN GROS, ON N'AVAIT PAS DE LIEN DE PARENTÉ PAR LE SANG

MAIS AV LE TEM ELLE E DEVEN DE PLUS PLUS B TALE
ET LA FRÊLE POUPÉE DE PORCELAINE…
S'EST BIEN ENDURCIE…
FOUS-MOI LA PAIX !!
SI TU VEU M'INVITER SORTIR, VA FALLOIR QU T'ENTRAÎNE UN PEU PLU TES BICEPS
AH, KANADÉ !!
QUOI, TU M'IGNORES ?! JE T'AI DIT QUE J'AVAIS BESOIN DE TOI, AUJOURD'HUI

TU N'AVAIS PAS L'AIR D'AVOIR BESOIN D'AIDE...
ANAÏS, QUI AVAIT LA PEAU FRAGILE ET QUI ÉTAIT TRÈS MENUE, S'EST RAPIDEMENT MISE À L'AÏKIDO DE L'ÉCOLE SAIKAWA, DANS NOTRE DOJO FAMILIAL
ELLE A INSTANTANÉMENT AMÉLIORÉ SON ÉTAT DE SANTÉ, ET MAINTENANT, ELLE EST BEAUCOUP PLUS ROBUSTE QUE NÉCESSAIRE
JE NE SUPPORTE PAS L'ODEUR DE LA FOULE
ずる ずる
OH NON, ÇA, JE NE COMPTE PAS SUR TOI. ET POURTANT, IL FUT UN TEMPS OÙ TU T'ENTRAÎNAIS DANS LE DOJO DE TA GRAND-MÈRE, TOI AUSSI
DEPUIS QUE J'AI DÉCIDÉ DE DEVENIR PARFUMEUR EN REFUSANT DE REPRENDRE LA TÊTE DU DOJO...
MA GRAND-MÈRE M'A FAIT SIGNER UN CONTRAT COMME QUOI JE N'AVAIS PLUS LE DROIT D'UTILISER UNE SEULE DES TECHNIQUES DE NOTRE ÉCOLE
C'EST RIDICULE
PARKING
JE PEUX METTRE UN MASQUE À GAZ ? OU AU MOINS UN MASQUE DE PLONGÉE ? HAA...
PAS QUESTION ! ÇA FERAIT TROP LOUCHE
MERCI D'ÊTRE VENUE, ANAÏS !
LES RÈGLES EXISTENT POUR ÊTRE DÉTOURNÉES
ET CE GARÇON, C'EST LE VENDEUR DE PARFUMS DONT TU M'AS PARLÉ ?

JE NE SUIS PAS VENDEUR DE PARFUMS
GRR
JE SUIS UN CRÉATEUR À L'ODORAT SURDÉVELOPPÉ, CAPABLE D'ASSEMBLER UNE MULTITUDE DE SENTEURS POUR CRÉER UN ACCORD PARFAIT, UN MÉLANGE IDÉAL QUI DONNERA NAISSANCE AU PLUS EXQUIS DES PARFUMS
JE SUIS LE MAGICIEN DES FRAGRANCES
KANADÉ SAIKAWA, LE CHARISMATIQUE PARFUMEUR DE GÉNIE (QUI TRAVAILLE À SON COMPTE) !
WAAH
C'EST MAGNIFIQUE ! TU ES PHOTOGÉNIQUE SOUS TOUS LES ANGLES !
ÉVIDEMMENT
QUI T'A PERMIS DE ME PHOTOGRAPHIER GRATUITEMENT ?
C'EST PAS GRAVE. JE VOULAIS JUSTE SORTIR CETTE TIRADE UN JOUR
PARDON, PARDON ! JE T'ÉCOUTAIS, TU SAIS
JE M'APPELLE SOUSHI YAMANAMI. J'AI VOULU RECRUTER ANAÏS COMME MANNEQUIN POUR UN MAGAZINE
SOUSHI YAMANAMI
OLYNPOSU
ELLE N'A PAS ENCORE ACCEPTÉ, MAIS BON...
J'AI DU MAL AVEC LES GENS RAYONNANTS
CARTE DE VISITE
MAIS IL EST LOUCHE, TON MAGAZINE

EN DISCUTANT, IL M'A DIT QUE LES RÉDACTEURS VOULAIENT FAIRE UN NUMÉRO SUR LES PARFUMS
ET COMME ILS CHERCHAIENT UN SPÉCIALISTE EN LA MATIÈRE...
C'EST POUR ÇA QUE TU M'AS FAIT ANNULER UN DE MES SALONS ? C'EST MON GAGNE-PAIN, TU SAIS...
C'EST UNE REVUE POUR EXCENTRIQUES, ELLE N'EST TIRÉE QU'À TRÈS PEU D'EXEMPLAIRES
ON N'A PAS DE BUDGET, PAS DE PERSONNEL
LA RÉDACTRICE EN CHEF VA VENIR EN PERSONNE VOUS INTERVIEWER...
POUR EXCENTRIQUES !?
AH OUI, COMME LA FILLE LÀ-BAS, DANS LA RUE
PAR CETTE CHALEUR À CREVER, ELLE TROUVE LE MOYEN DE S'HABILLER EN NOIR DE LA TÊTE AUX PIEDS. ON DIRAIT QU'ELLE FAIT TOUT POUR NE PAS BRONZER, QUITTE À SE CHOPER UNE INSOLATION
CETTE MODE, C'EST LE COMBLE DU MORBIDE...
HEIN ?

JE DIRIGE LE MAGAZINE "SORCIÈRE", LA BIBLE DE LA MODE GOTHIQUE LOLITA POUR JEUNES FILLES
JE SUIS LA NOUVELLE RÉDACTRICE EN CHEF, "ASURA ARARAGI"
A... ASU... RA ? C'EST ÇA ?
SON VRAI NOM, C'EST "KIMIÉ MATSUYA"
PSS
BREF
MADEMOI-SELLE MATSUYA
APPE-LEZ-MOI "DAME ASURA"
OUI, DAME ASURA... VOICI LE MANNEQUIN DONT JE VOUS AI PARLÉ
ET MONSIEUR MACHIN, VENDEUR DE PARFUMS
KANADÉ SAIKAWA, PARFUMEUR
IL NE M'A PAS ÉCOUTÉ UNE SEULE SECONDE !
'LUT !

UN BEAU JEUNE HOMME LIVIDE...
CE VISAGE BLÊME PROUVE QU'IL N'EST PAS SOUVENT DEHORS...
ET UNE LYCÉENNE AUX CHEVEUX D'OR...
ELLE A DES BRAS FINS ET DES JAMBES INTERMINA-BLES... C'EST LE PUR STYLE BARBIE
SPLENDI-DE... CETTE ASSOCIA-TION ME DONNE DES FRISSONS
JE CROIS QUE VOS SENTIMENTS SONT PARTAGÉS
HO HO HO
BIEN, ÉCOUTEZ-MOI
LE FAIT D'ÊTRE UNE REVUE POUR LECTORAT SPÉCIALISÉ, TIRÉE À PEU D'EXEMPLAIRES, NE VEUT PAS DIRE QUE NOTRE MAGAZINE NE SE VEND PAS
JE VIENS DE LA MAISON MÈRE, ET JE TIENS ABSOLUMENT À AUGMENTER LE TIRAGE
NOUS AVONS PLEIN DE NOUVEAUX PROJETS
NOUS AURONS NOTAMMENT UNE RUBRIQUE QUI RECENSERA TOUTES LES RUMEURS ET AUTRES LÉGENDES URBAINES DU MOMENT
ET NOUS ALLONS COMMENCER PAR CETTE AFFAIRE DONT TOUT LE MONDE PARLE SUR INTERNET, LE "PARFUM DE LA MORT"

Il paraît que Marie-Antoinette appréciait tout particulièrement un parfum nommé "La chute d'une rose".

Mais j'ai lu dans un ouvrage une théorie selon laquelle ce nom aurait été donné à posteriori, pour symboliser son destin tragique.

Quand je parle de parfum à base le lys blanc, je pense immédiatement à Anaïs Anaïs. La bouteille est teintée de couleurs pastels, et la fleur en elle-même est si délicate, ce parfum est sublime.

L'accord de tête est composé de fleur d'oranger et de notes d'agrumes, et l'accord de cœur s'oriente autour du lys, du jasmin, de l'iris, etc... L'accord de cœur constitue la senteur principale du parfum, on peut donc profiter à fond de l'odeur du lys.

Anaïs Anaïs de Cacharel

SORTILÈGES
CHÂTIMENT
JE VOUS ÉCOUTE !!
AAH
TABLEAU DE RECENSEMENT DES LÉGENDES URBAINES
CETTE HISTOIRE A ÉTÉ LANCÉE À TRAVERS UN SITE WEB
UN JOUR, UN PARFUMEUR A ÉTÉ TRAHI PAR SA FIANCÉE, QUI S'EST ENFUIE RETROUVER SON RIVAL AVEC LA FORMULE D'UN NOUVEAU PARFUM QU'IL N'AVAIT PAS ENCORE MIS EN VENTE
LE JOUR DU MARIAGE DE SON EX AVEC SON RIVAL, LE PARFUMEUR FIT MINE DE LES AVOIR PARDONNÉS, ET LEUR OFFRIT UN PARFUM EMPOISONNÉ
LE PARFUM RÉVÉLA UN DOUX EFFLUVE, ENIVRANT ET SUCRÉ... ET L'INSTANT D'APRÈS...
IL SE TRANSFORMA EN "PARFUM DE LA MORT", ET ON RETROUVA LA MARIÉE BAIGNANT DANS SON SANG...
CETTE HISTOIRE... RESSEMBLE À...
ON RACONTE QUE CE PARFUM EST TOUJOURS COMMERCIALISÉ, SUR LE MARCHÉ NOIR, POUR PERMETTRE AUX AMOUREUX ÉCONDUITS DE SE VENGER DE LEURS EX...

NON… CE N'EST PAS MA FAUTE !!
UN PARFUM QUI TUE LES GENS DE CETTE FAÇON...
ÇA N'EXISTE PAS
LES POISONS ASSEZ VIOLENTS POUR TUER UN HUMAIN NE PEUVENT EN AUCUN CAS DÉGAGER DE PARFUM AGRÉABLE
LA SEULE ACTION NÉGATIVE D'UN PARFUM PEUT ÊTRE SON EFFET PHO-TOSENSIBILISANT
L'ESSENCE DE BERGAMOTE, PAR EXEMPLE, EST TRÈS MAUVAISE POUR LA PEAU SI ON L'EXPOSE DE MANIÈRE PROLONGÉE À LA LUMIÈRE DU JOUR... MAIS C'EST TOUT
ÇA TIENT PLUS DE L'ALLERGIE… CERTAINS PARFUMS PEUVENT AUSSI PROVOQUER DE L'ASTHME
EH BIEN MOI... JE DÉTESTE TOUS LES PARFUMS, À PART LA ROSE DE MAI !!
J'AIME LES ROSES
C'EST VRAI QUE MADEMOISELLE ASURA EST ALLERGIQUE AUX PARFUMS, ELLE NE PEUT PAS LES SUPPORTER
JE SUIS CÉLÈBRE POUR AVOIR RAVAGÉ LA BOUTIQUE D'UN PARFUMEUR
EFFRAYANT...
DU THÉ À LA ROSE

REGARDEZ
AH, C'EST POUR ÇA QUE VOUS PORTEZ DES GANTS...
MAIS ILS SONT QUAND MÊME TRÈS LONGS
NON, CES GANTS SONT À LA MODE, C'EST POUR ÇA
JE NE LES PORTE PAS POUR CACHER LES CICATRICES DE MES SCARIFICATIONS AUX POIGNETS
N'EN DITES PAS PLUS...
MAIS POUVEZ-VOUS VRAIMENT AFFIRMER QUE LE "PARFUM DE LA MORT" N'EXISTE PAS ?
APRÈS TOUT, VOUS SEUL PRÉTENDEZ AVOIR UN ODORAT SURDÉVELOPPÉ, MAIS VOUS NE POUVEZ PAS LE PROUVER
MONSIEUR YAMANAMI, AVANT DE VENIR ICI, VOUS AVEZ BU UN CAFÉ ET VOUS AVEZ MANGÉ UNE VIENNOISERIE
ET JE CROIS QUE VOUS FUMEZ UN PEU TROP DE MILD 7
TOUT À L'HEURE, VOUS AVEZ RENCONTRÉ UNE JEUNE FILLE QUI PORTAIT UNE EAU DE TOILETTE PARFUMÉE AU JASMIN
!!
MADEMOISELLE ASURA SENT UN PEU L'ALCOOL...
MAIS C'EST...
MADEMOISELLE ! VOUS AVEZ ENCORE PICOLÉ EN PLEIN MILIEU DE L'APRÈS-MIDI ?
JE PEUX BIEN BOIRE UN PETIT VERRE POUR ME CHANGER LES IDÉES, AVEC TOUT LE TRAVAIL QUE J'AI... QUANT À TOI, TU FRICOTAIS ENCORE AVEC UNE FILLE...

FINDER FAVORIS
http:// baboon-auctions / com.
AUCTIONS
METTRE EN VENTE
ENCHÈRES > MODE > SANS MARQUE > AUTRE
INFORMATIONS SUR LE VENDEUR
VENDEUR (NOTE) mamiki73
MODES DE PAIEMENT
CARTE DE CRÉDIT
VIREMENT BANCAIRE EN LIGNE
CONDITIONS D'UTILISATION
MANDAT PAR BANQUE UAJ
EXPÉDITION ET LIVRAISON
LES FRAIS D'ENVOI SONT À LA CHARGE DE L'ACHETEUR
L'EXPÉDITION SE FERA APRÈS RÉCEPTION DU PAIEMENT
ENCHÉRIR HISTORIQUE : 3
PRIX DE DÉPART ENCHÉRIR MIN : 1 YENS
ENCHÉRIR : 10 YENS
JE PENSE QUE C'EST UN FAUX, MAIS J'AI QUAND MÊME VU UN "PARFUM DE LA MORT" EN VENTE SUR UN SITE D'ENCHÈRES
C'EST VRAI ! LES GENS QUI METTENT CE GENRE D'OBJETS EN VENTE SONT VRAIMENT INCONSCIENTS
EN TOUT CAS, UNE EMPLOYÉE DE NOTRE MAGAZINE EN A ACHETÉ UN FLACON, ET ELLE EST RENTRÉE CHEZ ELLE TOUT À L'HEURE EN ME DISANT QUE SON COLIS ÉTAIT ARRIVÉ...
C'EST TRÈ SUSPECT
IL N'Y A PAS DE PHOTO DE L'OBJET...
C'EST COMME LES FEMMES QUI S'ASPERGENT DE PARFUM DANS LE MÉTRO, ÇA AUSSI, C'EST CRIMINEL
AH !
JUSTEMENT, VOICI UN APPEL DE MIKALINE
ALORS, CE FAMEUX PARFUM ?
TU AS TROP CHAUD PARCE QUE TON CLIMATISEUR EST EN PANNE ?
JE M'EN MOQUE ÉPERDUMENT, OUVRE DONC LA FENÊTRE !
NOUS ÉTIONS EN TRAIN D'EN PARLER
NE LE RESPIRE PAS, ÇA POURRAIT ÊTRE DANGEREUX. ATTENDS D'ÊTRE REVENUE À LA RÉDACTION
QUOI ?!
TU L'AS DÉJÀ OUVERT ?! NON, ARRÊTE !!

MIKA-LINE ?!
QU'EST-CE QUI T'ARRIVE ? TU AS SENTI LE PARFUM ?!
PASSEZ-LA-MOI !
HAA...
AH GNNN ARGH...
OÙ HABITE CETTE FILLE ?

C'EST OUVERT !
NE RENTREZ PAS, J'Y VAIS...
QUELLE FOURNAISE...
NON !
C'EST...
L'ODEUR LA PLUS DOUCE ET LA PLUS TROUBLANTE DE CE MONDE
JE N'AVAIS PLUS SENTI DEPUIS BIEN LONGTEMPS...
LE PARFUM DE LA MORT...

CE PARFUM !!
CETTE BOUTEILLE BRISÉE !!
C'EST LE PARFUM QUE J'AI CRÉÉ, "LA CHUTE D'UNE ROSE" ?!!
FELICIA N°8, LE PARFUM PROSCRIT !!
TU M'AS PRIS MON PARFUM...
TU M'AS PRIS MA PETITE AMIE
TU M'AS TOUT VOLÉ, KANADÉ !

KURÉISHI !!
TU M'AS TOUT VOLÉ !!
LE PARFUM DE LA MORT ?!
IL Y A UN MOMENT, UNE RUMEUR COURAIT COMME QUOI UN DES FELICIA AVAIT TUÉ PLUSIEURS PERSONNES...
ET S'IL EN RESTAIT ENCORE ?!
MAIS CE N'ÉTAIT QU'UNE RUMEUR SANS FONDEMENT, NON ?
CE PARFUM AVAIT ÉTÉ CRÉÉ PAR MONSIEUR KANADÉ...
C'EST INCROYABLE !

VOILÀ UN ARTICLE
"UNE JOURNALISTE TUÉE PAR LE "PARFUM MEURTRIER' ?!"
LA JEUNE MIKAKO YOSHIZAWA A ÉTÉ RETROUVÉE MORTE CHEZ ELLE, APRÈS AVOIR INHALÉ LE "PARFUM DE LA MORT" DONT ELLE AVAIT ACHETÉ UN FLACON SUR INTERNET
CEPENDANT, IL S'AVÈRE QUE CE "PARFUM DE LA MORT" EST EN RÉALITÉ LE FELICIA N°8 DE LA MAISON C, COMMERCIALISÉ IL Y A DEUX ANS
IL AVAIT ÉTÉ RETIRÉ DE LA VENTE APRÈS QUE SA RÉPUTATION A ÉTÉ SALIE PAR DES CAS DE DÉCÈS, CE QUI LUI VALUT LE NOM DE "PARFUM MEURTRIER"
NOUS N'AVONS AUCUNE INFORMATION SUR LA PERSONNE QUI A MIS CE PARFUM EN VENTE SUR INTERNET, ON NE CONNAÎT NI SON NOM, NI SON ADRESSE
LE PLUS INCOMPRÉHENSIBLE, C'EST QU'AUCUNE SUBSTANCE AUTRE QUE DU PARFUM N'A ÉTÉ ANALYSÉE DANS LA BOUTEILLE BRISÉE. IL N'Y AVAIT PAS LA MOINDRE TRACE DE POISON
QUELLE PEUT DONC ÊTRE LA CAUSE DE SA MORT ?
NOUS N'AVONS PLUS QU'À ATTENDRE L'HEURE PRÉSUMÉE DU DÉCÈS ET LES RÉSULTATS DE L'AUTOPSIE

IL FAISAIT TRÈS CHAUD DANS LA PIÈCE, C'EST POURQUOI LE PARFUM S'ÉTAIT PLEINEMENT DIFFUSÉ
IL AVAIT DÉJÀ COMMENCÉ À DÉGAGER SA NOTE DE CŒUR, DONC SI C'EST BIEN "FELICIA N°8", JE PEUX DÉDUIRE QUE LE FLACON AVAIT ÉTÉ CASSÉ DEPUIS 20 MINUTES
ÇA COÏNCIDE AVEC LE TEMPS QU'ON A MIS POUR PRENDRE UN TAXI ET ARRIVER CHEZ ELLE...
MAIS J'AI SENTI UN TRÈS LÉGER PARFUM D'AMANDE SUR LE CADAVRE...
UNE INFIME QUANTITÉ, IMPERCEPTIBLE POUR LE COMMUN DES MORTELS
AH BON ?! ELLE AVAIT PEUT-ÊTRE MANGÉ UN PETIT GÂTEAU ?
C'EST L'ODEUR CARACTÉRISTIQUE DE L'ACIDE CYANHYDRIQUE. MAIS ON N'A TROUVÉ AUCUNE TRACE DE POISON DANS LA PIÈCE...
IL N'Y AVAIT QUE DU PARFUM ET DES MORCEAUX DE FLACON BRISÉ...
MON PARFUM POURRAIT RÉELLEMENT TUER DES GENS... CE SERAIT POSSIBLE ?
...

QU'EST-CE QUI S'EST PASSÉ, EN FRANCE ?
CE PARFUM QUI A ÉTÉ RETIRÉ DE LA VENTE, C'EST BIEN CELUI QUE TU AVAIS CRÉÉ QUAND TU ÉTAIS PARTI ÉTUDIER EN FRANCE, NON ?
TU AVAIS REMPORTÉ UN PRIX, ET TU AVAIS VENDU LES DROITS À UNE MARQUE DE PARFUMS
TU N'AURAIS PAS UNE PETITE IDÉE DE QUI AURAIT PU LANCER CETTE RUMEUR DE "PARFUM DE LA MORT" ?
S'IL EST TOUJOURS EN VIE...
IL EST CAPABLE DE FAIRE DU MAL AUTOUR DE LUI...
NOUS ÉTIONS LES DEUX SEULS JAPONAIS DANS CETTE PRESTIGIEUSE ÉCOLE DE PARFUMERIE, À VERSAILLES
IL S'APPELAIT AYATSUGU KURÉISHI…
IL AVAIT UNE PETITE AMIE SUBLIME, DU NOM DE LILIANE…

ON ÉTAIT EN CONSTANTE RIVALITÉ, ON SE PARTAGEAI TOUJOURS LA PREMIÈRE PLAC
À QUELQUES JOURS DU RÉSULTAT D'UN CONCOURS AUQUEL ON AVAIT PARTICIPÉ TOUS LES DEUX, ET QUI OFFRAIT AU GAGNANT LA CHANCE DE VOIR SON PRODUIT COMMERCIALISÉ…
LE SIEN EST PARFAIT AU NIVEAU DE LA COMPOSITION, MAIS IL N'Y A PAS MIS DE RÊVE, IL NE PEUT PAS RAVIR LES SENS
LE DOSAGE EST JUSTE… ET IL DÉGAGE UNE SENTEUR DÉLICIEUSE, MAIS CE RÉSULTAT EST PUREMENT MÉCANIQUE
KANADÉ…
JE PRÉFÈRE TON PARFUM À CELUI QU'IL A MIS AU POINT
ALORS…
JE VOUDRAIS QUE TU DEVIENNES MON PARFUMEUR ATTITRÉ…
CE N'EST PAS UN TRAVAIL OFFICIEL QUE JE TE DEMANDE, C'EST UNE REQUÊTE PRIVÉE… TU VEUX BIEN ME CRÉER UN PARFUM EN ACCORD AVEC MON PRÉNOM, LILIANE, QUI VIENT DE "LYS" ? JE VOUDRAIS UN PARFUM QUI ÉVOQUE LA PURETÉ D'UNE JEUNE MARIÉE
TU COMPRENDS… CE QUE ÇA SIGNIFIE ?
ELLE ÉTAIT AUSSI DOUCE QUE LE PLUS EXQUIS DES PARFUMS

TU COMPRENDS CE QUE ÇA SIGNIFIE ?
MAIS...
...
JE SUIS DÉSOLÉ
IL Y A UNE FILLE, AU JAPON, À QUI J'AI DÉJÀ PROMIS DE CRÉER UN PARFUM À BASE DE LYS
JE N'ÉTAIS PAS COMME KURÉISHI, JE N'AVAIS PAS CONFIANCE EN MOI... ET JE NE ME TROUVAIS PAS À LA HAUTEUR D'UNE FEMME COMME ELLE...
TU LUI AS DIT QUE TU AVAIS UNE COPINE AU JAPON ET QUE TU LUI AVAIS PROMIS UN PARFUM À BASE DE LYS ?
CETTE FILLE EST MÉPRISABLE
UN PEU GROS, COMME MENSONGE, ESPÈCE DE FRIMEUR
ELLE A OUBLIÉ ?!!

PAR LA SUITE, ELLE A CRU QUE KURÉISHI M'AVAIT MENACÉ, OU UN TRUC COMME ÇA...
AYA ! TU AS VOULU LUI METTRE DES BÂTONS DANS LES ROUES PAR JALOUSIE !!
MAIS DE QUOI TU PARLES ?!
NE FAIS PAS L'IN-NOCENT !!
ET D'ABORD, TON PARFUM N'EST RIEN D'AUTRE QU'UNE FORMULE CHIMIQUE !!
TU NE POURRAS JAMAIS REMPORTER LE PRIX AVEC ÇA !!
C'EST AINSI QUE MA CRÉATION, "LA CHUTE D'UNE ROSE"... GAGNA LE PREMIER PRIX
IL FUT MIS EN VENTE SOUS LE NOM "FELICIA N°8" ET M'APPORTA UNE GLOIRE DE COURTE DURÉE
MAIS...
C'EST LE PARFUM QUE J'AI COMPOSÉ !!

TU AS MANIPULÉ MA COPINE POUR QU'ELLE ME VOLE MA FORMULE ET QU'ELLE LA DÉTRUISE ENSUITE...
TU AS FAIT PASSER MON PARFUM POUR TA PROPRE CRÉATION
ET TU AS TOUCHÉ À MA PETITE AMIE UNIQUEMENT POUR M'ATTEINDRE, C'EST ÇA ?
TU N'AS PLUS BESOIN D'ELLE, MAINTENANT ?!
IL AVAIT DÉJÀ IMAGINÉ LE SCÉNARIO PARFAIT DE MA TRAHISON
C'EST À CE MOMENT-LÀ QUE SON CERVEAU, QUI ÉTAIT AUSSI PERFORMANT QU'UN ORDINATEUR, S'EST MIS À SE DÉTRAQUER
JE NE VAIS PAS M'EFFACER DEVANT TOI
C'EST MOI QUI L'AI CRÉÉ, CE PARFUM
OUI...
JE TE LE PROUVERAI, MÊME SI JE DOIS DONNER MA VIE POUR ÇA
QUELQUE TEMPS PLUS TARD, IL QUITTA L'ÉCOLE AVEC LILIANE
C'ÉTAIT BIENTÔT LA FIN DE MES ÉTUDES
ILS SONT MORTS TOUS LES DEUX
LEUR VOITURE EST TOMBÉE D'UNE FALAISE. ILS ONT FAIT PLUSIEURS TONNEAUX AVANT DE S'ÉCRASER ET COULER DANS L'OCÉAN

TOUT DE SUITE APRÈS, FELICIA N°8 EST DEVENU UN PARFUM MAUDIT
J'ENTENDAIS DIRE QU'IL TUAIT OU RENDAIT FOLLE CELLE QUI EN POR-TAIT
IL N'Y AVAIT AUCUNE PREUVE, MAIS LA MARQUE DE PARFUMS, QUI AVAIT PEUR DU SCANDALE, L'A TOUT DE SUITE RETIRÉ DU COMMERCE
C'ÉTAIT IL Y A DEUX ANS ?
MAIS ALORS... MÊME EN AYANT UTILISÉ UN CONSERVATEUR POUR PRÉSERVER LE PARFUM...
ÇA DÉPEND DES CAS, MAIS ON NE PEUT PAS TROMPER MON ODORAT
CE N'EST PAS LE MÊME PARFUM QU'IL Y A DEUX ANS
QUELQU'UN L'A COMPOSÉ RÉCEMMENT !

ÇA VOUDRAIT DIRE QUE CE "KURÉISHI"...
SERAIT TOUJOURS EN VIE ?
ET QU'IL VOUDRAIT SE VENGER DE TOI, KANADÉ ?
C'EST IMPOSSIBLE
IL SERAIT DEVENU UN MEURTRIER, TOUT ÇA PARCE QUE TU LUI AS VOLÉ SA FORMULE ?
JE N'AI RIEN VOLÉ DU TOUT, JE NE SUIS PAS UN PLAGIAIRE !!
JE SAIS BIEN
TU N'AS PAS ASSEZ DE CRAN POUR ÇA...
LE PROBLÈME, C'EST QUE TON ENNEMI N'EST PAS AU COURANT

ANAÏS
...
FINALEMENT, NOUS AVONS RELÉGUÉ CET ARTICLE AU PLACARD
JE SUIS ACTUELLEMENT TRÈS PRISE PAR D'AUTRES PROJETS. CETTE RÉDACTION EST MINUSCULE, J'AI HORREUR DE TRAVAILLER DANS CES CONDITIONS
JE N'EN SAIS PAS PLUS À CE SUJET
NOUS SOMMES CONSTAMMENT DÉRANGÉS PAR LA POLICE, C'EST TOUT CE QUE JE PEUX VOUS DIRE...
AURA SIGNIFIANT : JE SUIS OCCUPÉE, ALLEZ-VOUS EN
AH BON...
AU FAIT, OÙ EST CE PHOTOGRAPHE, LÀ, YAMANAMI ?
IL EST SORTI
YAMANAMI, C'EST BIEN CE GARÇON CHÂTAIN ?

IL S'APPELLE YAMANAMI, CE PHOTOGRAPHE ? C'EST ÇA, SON NOM ?
IL RESSEMBLE À UN GARÇON QUI HABITAIT DANS MON QUARTIER, AVANT...
IL A EXACTEMENT LES MÊMES YEUX
VOUS AURIEZ DÛ LUI POSER LA QUESTION
TENEZ, VOTRE ARGENT
チャリーン
OUI, MAIS C'EST QUE...
IL A TELLEMENT CHANGÉ, ON LE RECONNAÎT À PEINE
IL ME SEMBLE QU'IL ÉTAIT PARTI À L'ÉTRANGER, IL Y A QUELQUES ANNÉES. C'EST PEUT-ÊTRE À CE MOMENT-LÀ QU'IL A CHANGÉ...
HUM... C'EST LE SAC DE YAMANAMI, ÇA ?
ATTEN-TION, C'EST LOURD !
OUPS, JE L'AI FAIT TOMBER
AH ZUT, IL ÉTAIT OUVERT !!

HEIN ?
!!
JE TE TUERAI
CRÈVE !
MORT MORT
TU VAS MOURIR
SALAUD
QU...
QU'EST-CE QUE C'EST QUE ÇA ?
IL N'Y A QUE DES PHOTOS DE TOI, KANADÉ ?!
MAIS ÇA FAIT PEUR !!
TOUTES CES MENACES DE MORT ET CES GRIBOUILLIS...
C'EST PAS VRAI ?!
CE SERAIT LUI...
TU PENSES QUE C'EST LUI LE CRIMINEL ?
CE PETIT RIGOLO ?
C'EST SORDIDE...

QU'EST-CE QUE ...
OUI, C'EST MOI !
ALLÔ, YAMANAMI ?
J'AI CHANGÉ D'AVIS, JE VEUX BIEN POSER POUR TOI
ANAÏS !
J'AIMERAIS BIEN QUE TU ME MONTRES LE STUDIO DONT TU M'AS PARLÉ, CELUI QUE TU AS LOUÉ
ON POURRA FAIRE UNE PETITE VISITE, TOUS LES DEUX ?
OUI, TOUT DE SUITE. ÇA NE TE DÉRANGE PAS ?
D'ACCORD...
JE PARS MAINTENANT
BYE
C'EST TROP DANGEREUX, ANAÏS !
APPELLE AU MOINS LA POLICE...
PAS QUESTION
C'EST TOI LE SUSPECT N°1, KANADÉ

PERSONNE NE NOUS CROIRA SI ON DIT QU'UN ANCIEN AMI À TOI QUI ÉTAIT CENSÉ ÊTRE MORT EST REVENU POUR SE VENGER
T'INQUIÈTE PAS, S'IL EN A APRÈS TOI, IL NE VA PAS ME FAIRE DE MAL, CE NE SERAIT PAS LOGIQUE
MAIS KURÉISHI N'EST PAS LOGIQUE, IL EST COMPLÈTEMENT FOU !!
TU OUBLIES QU'IL A DISJONCTÉ, SON CERVEAU EST DEVENU UNE MACHINE FROIDE ET CALCULATRICE
IL N'HÉSITERA PAS À SACRIFIER DES INNOCENTS... POUR LUI, LA PERFECTION EST LA BEAUTÉ SUPRÊME...
DIRE QUE J'AI AUTREFOIS ADMIRÉ CET HOMME CONTRADICTOIRE
COMPARÉ À LUI, JE N'AVAIS AUCUNE QUALITÉ, J'ÉTAIS D'UNE TIMIDITÉ MALADIVE...
ALORS QU'IL ÉTAIT TOUJOURS TRÈS SÛR DE LUI
JE CROYAIS QUE...
C'ÉTAIT POUR ÇA QUE JE N'AVAIS PAS PU RÉPONDRE AUX SENTIMENTS DE LILIANE...

ピク
LILIANE ?
C'EST PARCE QUE TU SAVAIS QUE TON RIVAL SERAIT FOU FURIEUX SI TU TOUCHAIS À SA PETITE AMIE
TU AS TOUJOURS ÉTÉ TRÈS DOUÉ POUR ÉVITER LES CONFLITS, KANADÉ
ANAÏS !!
OH, JE LE SAIS TRÈS BIEN
TU ES UN GENTIL GARÇON QUI A BIEN RESPECTÉ LES ORDRES DE SA GRAND-MÈRE EN N'UTILISANT PLUS UNE SEULE FOIS LES TECHNIQUES DE VOTRE ÉCOLE
MAIS TU N'AS PAS OUBLIÉ COMMENT PERDRE, EN TOUT CAS

À CETTE ÉPOQUE LÀ, JE ME CROYAI INVINCIBLE, À TEL POINT QUE J'AVAIS PRIS LA GROSSE TÊTE
TU ÉTAIS PLUS ÂGÉ QUE MOI, MAIS JE PENSAIS QUE TU ÉTAIS UNE POULE MOUILLÉE
ET POURTANT, TU M'AS MISE À TERRE SANS DIFFICULTÉ
LE COMBAT AURAIT DÛ ÊTRE TERMINÉ, ET POURTANT JE ME SUIS JETÉE SUR TOI DE TOUTES MES FORCES
ET ALORS…
BRAVO, ANAÏS !!
TU AS BATTU KANADÉ EN UNE PRISE
IL N'Y A RIEN DE PLUS VEXANT QUE DE SAVOIR QUE SON ADVERSAIRE A FAIT EXPRÈS DE PERDRE

ET DEPUIS CE JOUR, TU N'AS PLUS JAMAIS REMIS LES PIEDS DANS LE DOJO, COMME TE L'A FAIT PROMETTRE TA GRAND-MÈRE
TU M'AS BATTUE ET TU T'ES ENFUI COMME UN VOLEUR
MAIS J'AI JAMAIS VOULU ÇA !
TU TE TROUVES SÛREMENT TRÈS GENTIL, MAIS TU PASSES TON TEMPS À FAIRE DU MAL AUX GENS !
AH !
EN FAIT, TU NE PENSES QU'À TOI
TU N'ES QU'UN LÂCHE !
TOUT EST MA FAUTE… PARCE QUE JE FUIS TOUJOURS LES COMBATS ? KURÉISHI…
AH... LAISSEZ, MONSIEUR, JE M'EN OCCUPE
EXCUSEZ-MOI

AAH, LA SALE BRUTE
LE VERRE ET LA BOUTEILLE SONT EN MIETTES…
TIENS ?
J'AVAIS L'IMPRESSION QU'IL Y AVAIT TROP DE MORCEAUX POUR UN SI PETIT FLACON…
MAIS OUI… CETTE BOUTEILLE DE PARFUM…
PUISQUE LE PARFUM EN LUI-MÊME NE POUVAIT RIEN CONTENIR DE MORTELLEMENT TOXIQUE POUR L'HOMME…
LE MEURTRIER A ÉTÉ OBLIGÉ DE TROUVER UN AUTRE MOYEN DE…
NON…
IL AURAIT EMPLOYÉ UNE TECHNIQUE DE DISSIMULATION AUSSI BASIQUE !
C'EST PAS POSSIBLE !!
ÇA TE VA COMME UN GANT, ANAÏS…

MERCI BEAUCOUP D'ÊTRE VENUE
J'AI L'IMPRESSION DE RÊVER
...
AH, MAIS EN FAIT, JE SUIS LÀ POUR UNE TOUTE AUTRE RAISON !
J'AI VU CE QU'IL Y AVAIT DANS TON SAC
IL ÉTAIT REMPLI DE PHOTOS DE KANADÉ
JE N'AI PAS ENVIE DE DEVENIR TON INSTRUMENT DE VENGEANCE POUR ATTEINDRE KANADÉ

EXCUSEZ-MOI DE VOUS DÉRANGER !
OÙ SE TROUVE LE STUDIO DU PHOTOGRAPHE YAMANAMI ?
HEIN ? COMMENT ÇA ?
C'EST VRAIMENT UNE PHOTO DE YAMANAMI AVANT ?!
ÇA NE LUI RESSEMBLE PAS DU TOUT !
JE NE SAVAIS PAS QU'EN FAIT, IL PORTAIT DES LUNETTES

!!
TU AS VU...
MES PHOTOS ?
TOUT LE MONDE A LE DROIT D'AVOIR UN PETIT JARDIN SECRET... TU NE CROIS PAS ?
JE VAIS ORIENTER LA LUMIÈRE DANS L'AUTRE SENS
カタ
EST-CE QUE TU EN VEUX À KANADÉ...
PARCE QUE TU ES MAUVAIS PERDANT ?

WAAH !
AAH...
EN FAIT, JE SUIS...

TU L'AS ÉCHAPPÉ BELLE
C'EST UN RÉCIDIVISTE, IL PASSE SON TEMPS À AGRESSER LES JEUNES FILLES
OUUH...
MADEMOISELLE ASURA !
TOUT VA BIEN
JE VAIS TE RACCOMPAGNER EN VOITURE

YAMA-NAMI ?!
QUI VOUS A ASSOMMÉ ?!
OÙ EST ANAÏS ?
JE SENS UNE FAIBLE… ODEUR D'ALCOOL…
LA MÊME QUE SUR MADEMOISELLE ASURA, L'AUTRE JOUR ?
MAIS …
C'EST UN ALCOOL UTILISÉ POUR MASQUER LES ODEURS !
IL Y A UN PARFUM DE ROSE… DE ROSE DE MAI !
TIENS ?
IL ME SEMBLE QUE QUELQU'UN DÉSIGNAIT TOUJOURS LES ROSES SOUS CE TERME-LÀ…

C'EST DE LA FOLIE !!
TU SENS LA ROSE DE MAI
AH BON ?
LA ROSE ?
C'EST PARCE QUE J'ÉTAIS ENTOURÉE DE ROSES, TOUT À L'HEURE...
VOUS AVEZ UN BON ODORAT
J'Y PENSE, KANADÉ A DÉJÀ EMPLOYÉ CE TERME, LUI AUSSI...
AH MAIS OUI !
QUAND ON PARLE DE LA ROSE COMME COMPOSANT D'UN PARFUM, ON UTILISE LE TERME FRANÇAIS "ROSE DE MAI"
C'EST CE QU'IL M'A DIT
DANS LE JARGON DES PARFUMEURS...
AH !

!
MADE-MOISELLE ASU...
J'AI FAIT UNE ALLERGIE AU PARFUM, QUAND J'ÉTAIS PETITE... ET ÇA NE RESSEMBLAIT PAS DU TOUT À ÇA
ON DIRAIT PLUTÔT UNE BRÛLURE...
OUI, C'EST BIEN UNE BRÛLURE...
QUE JE ME SUIS FAITE ALORS QUE JE M'ENFUYAIS DE MA VOITURE EN FLAMMES
J'AI PU CACHER LES CICATRICES SUR MON VISAGE AVEC DU MAQUILLAGE
J'AI ENFIN TROUVÉ...

LE TRÉSOR DE KANADÉ
SON PRÉCIEUX PETIT LYS BLANC...
CE SERAIT ASURA ?
MAIS COMMENT C'EST POSSIBLE ?
SI ASURA EST LA COUPABLE...
ÇA VOUDRAIT DIRE QUE C'EST KURÉISHI... MAIS NON, C'EST IMPROBABLE
MÊME SI ELLE PARLAIT À VOIX BASSE, ELLE AVAIT UNE VOIX DE FILLE, ELLE AVAIT MÊME DE LA POITRINE
JE NE COMPRENDS PLUS RIEN...

here
DANS CE CAS, QUI EST LA PERSONNE QUI A ENLEVÉ ANAÏS ET QUI M'ATTEND DANS CET ENDROIT ?
LILIANE ?!
...
PÉRIR ÉTOUFFÉE PAR LE PARFUM DES ROSES
CE SERAIT UNE MORT DES PLUS ROMANTIQUES
MAIS CE N'EST PAS LE CAS...
TU ES PARALYSÉE GRÂCE À UN PARFUM DE MA COMPOSITION QUI A RELÂCHÉ TOUS TES MUSCLES
TU VAS ATTENDRE SANS BOUGER QUE LA BOUGIE SE CONSUME ENTIÈREMENT, JUSQU'À CE QUE LA FLAMME ATTEIGNE L'HUILE ET QUE ÇA METTE LE FEU À TOUTES LES ROSES QUI JONCHENT LE SOL
ズル

J'AI HÂTE D'ENTENDRE LA PLAINTE DE KANADÉ QUANT IL TE RETROUVERA CARBONISÉE AU MILIEU DE LA PIÈCE
QUI ES-TU ? C'EST TOI... LA FAMEUSE LILIANE ?
NON... TU N'ES PAS UNE FEMME...
TU ES KURÉISHI
J'AI TUÉ CETTE TRAÎTRESSE DE LILIANE ET JE ME SUIS JETÉ DANS LE VIDE AVEC ELLE, AU VOLANT DE MA VOITURE. ENSUITE, JE ME SUIS ÉCHAPPÉ PAR LA MER À L'AIDE DU SCAPHANDRE AUTONOME QUE J'AVAIS PRIS AVEC MOI
ET APRÈS...
J'AI TERNI LA RÉPUTATION DE FELICIA N°8 POUR QU'IL SOIT INTERDIT À LA VENTE

POUR DEVENIR QUELQU'UN D'AUTRE, J'AI SUBI UNE OPÉRATION CHIRURGICALE, ET JE ME SUIS FAIT DES INJECTIONS HORMONALES QUI ONT RADICALEMENT TRANSFORMÉ MON APPARENCE. JE SUIS RENTRÉ AU JAPON CLANDESTINEMENT...
J'AI RENCONTRÉ UNE JEUNE FILLE SUICIDAIRE, LA VÉRITABLE "KIMIÉ MATSUYA", ET JE SUIS DEVENUE SA COLOCATAIRE
SON TRAVAIL LA METTAIT SOUS PRESSION, ELLE ÉTAIT TRÈS STRESSÉE
AVEC DE BELLES PAROLES, JE L'AI INCITÉE À SE CONFIER À MOI, POUR MIEUX LA PRÉCIPITER AU FOND DU GOUFFRE
DÈS QUE J'EUS OBTENU ASSEZ D'INFORMATIONS SUR ELLE ET SON TRAVAIL, JE L'AI POUSSÉE À SE SUICIDER
UN BEAU JOUR, ELLE DISPARUT EN MÊME TEMPS QUE SON TESTAMENT
EN CE MOMENT-MÊME, ELLE DOIT ÊTRE EN TRAIN DE POURRIR AU MILIEU DES BOIS
PERSONNE NE LA CONNAISSAIT, LÀ OÙ ELLE VENAIT D'ÊTRE MUTÉE
MAINTENANT QUE JE SAVAIS EN QUOI CONSISTAIT SON TRAVAIL, JE POUVAIS M'EN SORTIR TRÈS BIEN
J'AI USURPÉ SON IDENTITÉ, JE SUIS DEVENU CETTE PERSONNE, ET J'AI DÉCIDÉ D'OPTER POUR UN HABILLEMENT EXCENTRIQUE POUR ENDORMIR LA MÉFIANCE DES GENS

TOUT ÇA... POUR LE VOIR SOUFFRIR... LUI QUI A MANIPULÉ MA LILIANE... QUI S'EST ATTIRÉ TOUS LES HONNEURS GRÂCE À MON PARFUM...
QUI M'A TOUT VOLÉ... JE VEUX LE VOIR AGONISER DE DOULEUR !!
J'AI SALI LE NOM DE FELICIA N°8...
POUR ATTEINDRE LA FILLE À QUI IL TIENT AU POINT D'AVOIR REPOUSSÉ LILIANE...
POUR TUER SON CHER LYS IMMACULÉ !
HÉ HÉ...
C'EST GROTESQUE ! IL EST INCAPABLE DE PLAGIER QUOI QUE CE SOIT
ET S'IL S'EST SERVI DE MOI COMME PRÉTEXTE, CE N'EST PAS DU TOUT PARCE QU'IL TIENT À MOI
JE SAIS QU'EN RÉALITÉ... IL N'EST PAS AUSSI TIMIDE ET LÂCHE QU'IL VEUT LE FAIRE CROIRE...
MAIS IL FAIT TOUJOURS PASSER LES SENTIMENTS DES AUTRES AVANT LES SIENS...

HAA...
C'EST JUSTE UN IMBÉCILE, TROP GENTIL ET TROP NAÏF !
ET POURTANT...
J'EN CONNAIS UN AUTRE, DEVANT MOI, QUI EST ALLÉ JUSQU'À CHANGER DE SEXE POUR ACCOMPLIR UNE VENGEANCE COMPLÈTEMENT STUPIDE... TU ES ENCORE PLUS BÊTE QUE KANADÉ, C'EST DIRE !
HAA...
TU VAS MOURIR...
MADE-MOISELLE ASURA !!
ARRÊTEZ VOS BÊTISES ET RELÂCHEZ ANAÏS
J'AI APPELÉ LA POLICE !!
RENDEZ-VOUS, S'IL VOUS PLAÎT !

INUTILE D'ESPÉRER QU'IL VIENNE À TON SECOURS
J'AI CHOISI CET ENDROIT POUR UNE BONNE RAISON...
IL Y A D'INNOMBRABLES PIÈCES, DANS CETTE MAISON ABANDONNÉE
LE TEMPS QU'IL LES INSPECTE UNE À UNE, L'ESSENCE AURA DÉJÀ PRIS FEU ET LES ROSES SERONT EN TRAIN DE BRÛLER
ENFIN, C'EST CE QUE JE M'ÉTAIS DIT...
MAIS JE VIENS DE CHANGER D'AVIS
MERDE !!
CALME-TOI, KANADÉ !!
NE FAIS PAS DEUX FOIS LA MÊME ERREUR !!

C'EST MON SEUL TALENT, DANS LA VIE !!
DU CALME, CONCENTRE-TOI…
CETTE FOIS, J'Y ARRIVERAI !!
!
TU N'AS PAS VOULU QUE JE TE LAISSE DE RÉPIT
ALORS J'AI DÉCIDÉ D'ENFLAMMER LA MÈCHE DIRECTEMENT AVEC CE PISTOLET
QUAND TU SERAS RÉDUITE EN CENDRES...
TU NE POURRAS PLUS DIRE DU MAL DES GENS

NOON !
QU'EST-CE QUE TU ATTENDS, KANADÉ-BILE !!
C'EST VRAIMENT...
CRUEL

KANADÉ !!
C'ÉTAIT LA TECHNIQUE DE PROJECTION AU CONTACT DE L'ÉCOLE SAIKAWA
TU AVAIS DIT QUE PLUS JAMAIS TU N'UTILISERAIS CES TECHNIQUES
CE SERA UN SECRET ENTRE NOUS
LES RÈGLES EXISTENT POUR ÊTRE DÉTOURNÉES, NON ?

COMMENT TU AS FAIT... POUR TROUVER CETTE CHAMBRE ?
J'AI SUIVI L'ODEUR DE CES ROSES
C'EST IMPOSSIBLE ! CETTE MAISON EST BEAUCOUP TROP GRANDE...
J'AI UNE SENSIBILITÉ OLFACTIVE NATURELLE QUE J'AI ENTRAÎNÉE AFIN DE POUVOIR ANALYSER DES MILLIERS DE SENTEURS DIFFÉRENTES, AUSSI INFIMES SOIENT-ELLES. JE PEUX IDENTIFIER LA MOLÉCULE DE N'IMPORTE QUEL PARFUM
MÊME L'ALCOOL QUE TU AS TOUJOURS UTILISÉ POUR MASQUER LES ODEURS A UN PARFUM
KURÉISHI
ÇA TE RESSEMBLE BIEN, TOUT ÇA
TU AS TOUJOURS EU DES MÉTHODES EXTRÉMISTES. MÊME POUR CHANGER DE PERSONNALITÉ, TU N'AS RIEN LAISSÉ AU HASARD
MAIS À CAUSE DE TA TROP GRANDE CONFIANCE EN TOI, TU AS FAIT UNE ERREUR

LA COMPOSITION DE TON PARFUM PRÉTENDUMENT PARFAIT N'ÉTAIT QU'UNE SUITE DE FORMULES CHIMIQUES
MAIS LE PARFUMEUR EST AVANT TOUT UN INVENTEUR QUI DONNE NAISSANCE À UN PARFUM... ET TU N'AS AUCUNE IMAGINATION
A CHUTE D'UNE ROSE"... OU 'LUTÔT FELICIA N°8... IL FAUT VOIR DU CŒUR UR FABRIQUER CE PARFUM
JE ME SOUVIENS, MAINTENANT...
TU PRÉFÉRAIS UTILISER DES SUBSTANCES ARTIFICIELLES ET DES ESSENCES DE SYNTHÈSE PLUTÔT QUE DES EXTRAITS NATURELS
TU ÉTAIS PLUS CLIN À ÉTUDIER LES EFFETS NÉFASTES DES PARFUMS, LES PRODUITS CHIMIQUES ET LES POISONS
L'AUTRE JOUR... TU AS DIT À LA PAUVRE MIKA, MORTE DEPUIS, "D'OUVRIR LA FENÊTRE", TU TE RAPPELLES ?
TOUT ÉTAIT CALCULÉ...
C'ÉTAIT POUR QU'ON NE RESPIRE PAS LE POISON UNE FOIS ARRIVÉS CHEZ ELLE, JE ME TROMPE ?

AH !
C'EST POUR ÇA QUE KANADÉ A DIT QUE LE PARFUM ÉTAIT ÉVENTÉ !
ÇA VEUT DIRE QUE LE POISON ÉTAIT À L'ÉTAT GAZEUX...
LA BOUTEILLE ÉTAIT SÉPARÉE EN DEUX PARTIES, COMME CECI... UNE PLUS PETITE SUR LE DESSUS POUR CONTENIR LE GAZ EMPOISONNÉ, ET UNE AUTRE EN DESSOUS REMPLIE DE PARFUM...
MIKA A DONC RESPIRÉ LE GAZ EN PREMIER
ELLE EST TOMBÉE RAIDE MORTE, ET ELLE A LÂCHÉ LE FLACON
IL NE RESTAIT PLUS QUE LE PARFUM, DANS LA PIÈCE
IL NE RESTAIT PLUS AUTOUR D'ELLE QUE DU VERRE BRISÉ ET UNE FLAQUE DE PARFUM
NOUS N'AVONS ENTENDU QUE LES GÉMISSEMENTS DE MIKA
TU AS FAIT SEMBLANT DE VOULOIR L'ARRÊTER ALORS QU'ELLE ÉTAIT CURIEUSE ET EMPRESSÉE DE SENTIR CE PARFUM... MAIS PEUT-ÊTRE QU'ELLE AVAIT DÉJÀ RESPIRÉ LE POISON MORTEL, À CE MOMENT-LÀ...
À EN JUGER PAR L'ODEUR RÉMANENTE D'AMANDE AMÈRE... CE DEVAIT ÊTRE DU CYANURE D'HYDROGÈNE
APPAREMMENT... MIKA CONNAISSAIT DES GENS À LA MAISON MÈRE, ET AVAIT DEMANDÉ POURQUOI IL Y AVAIT UNE TELLE DIFFÉRENCE ENTRE LA MATSUYA DONT ON LUI AVAIT PARLÉ ET CELLE QUI S'ÉTAIT PRÉSENTÉE COMME RÉDACTRICE EN CHEF. TU AS DONC AGI AVANT D'ÊTRE DÉMASQUÉ...
C'ÉTAIT L'OCCASION DE RELANCER LA LÉGENDE DU PARFUM DE LA MORT TOUT EN PROTÉGEANT TA FAUSSE IDENTITÉ

MÊME QUAND ON VEUT DISSIMULER LA VÉRITÉ, ELLE RESSURGIT TOUJOURS, NE SERAIT-CE QUE PENDANT UN COURT INSTANT...
MAIS ELLE RESTE GRAVÉE À JAMAIS DANS NOTRE CERVEAU
IL EST IMPOSSIBLE DE TROMPER UN PARFUMEUR, QUI GARDE LE SOUVENIR D'UN NOMBRE ILLIMITÉ DE SENTEURS, EN ANALYSE CHAQUE CELLULE ET PEUT TOUTES LES RECONNAÎTRE, À COMMENCER PAR L'ÉTAT ZÉRO
TU AS VOULU TE SERVIR DES PARFUMS POUR FAIRE LE MAL. TU NE MÉRITES PAS LE TITRE DE PARFUMEUR...
KURÉISHI
HÉ...
HÉ HÉ HÉ
HA HA...
QUAND JE T'AI RENCONTRÉ, TU NE COMPRENAIS RIEN À RIEN, TU N'ÉTAIS QU'UN PAUVRE ÉLÈVE TIMORÉ... JE T'AI TOUT APPRIS
ET C'EST TOI, KANADÉ...
C'EST TOI QUI RETROUVES MA TRACE DANS CE BÂTIMENT EN SUIVANT UNE ODEUR PRESQUE IMPERCEPTIBLE...
C'EST TOI QUI ME FAIS LA LEÇON...

JE TE LE DEMANDE POUR LA DERNIÈRE FOIS...
NON !
"LA CHUTE D'UNE ROSE"... C'ÉTAIT MON PARFUM ?
JE PEUX TE JURER QUE JE NE T'AI JAMAIS TRAHI !
ILS SONT DANS CETTE PIÈCE !!
POLICE ! QUE PER-SONNE NE BOUGE !
AH !
KANADÉ...

JE NE
M'AVOUERAI
PAS VAINCU !

KURÉISHI …
ÇA VA ALLER, VOUS ÊTES SÛRS ?
OUI, OUI…
ELLE EST TOMBÉE PAR CETTE FENÊTRE, VOUS DITES ? MAIS NOUS N'AVONS RETROUVÉ AUCUN CORPS…
QUOI ?
AH ! IL Y A DES TRA-CES DE SANG, ICI…

KURÉISHI !!
KANADÉ… TANT QUE TU N'AURAS PAS ADMIS TA DÉFAITE…
JE CONTINUERAI MES RECHERCHES…
CE N'EST PAS ENCORE TERMINÉ…

HA HA HA HA
REGARDE UN PEU ÇA, KANADÉ !!
TU Y CROIS, TOI ? C'ÉTAIT YAMANAMI, IL Y A 6 ANS !
T'AS VU CETTE FACE LUNAIRE ?!
...
IL NOUS A BIEN EU, ON A CRU QUE C'ÉTAIT LUI LE TUEUR !
EN FAIT, IL ÉTAIT JUSTE OBSÉDÉ PAR MOI
IL REVIENT DU BOULOT
IL PENSAIT QUE TU ÉTAIS MON COPAIN, C'EST POUR ÇA QU'IL ÉTAIT JALOUX DE TOI ET QU'IL A PRIS TOUTES CES PHOTOS EN CACHETTE !
J'AI TROUVÉ CHEZ LUI DES CENTAINES DE PHOTOS DE MOI
JE SUIS ALLÉE INSPECTER LES LIEUX ET JE LUI AI TOUTES CONFISQUÉES
J'ALLAIS PAS LUI FENDRE LE CRÂNE EN DEUX, KURÉISHI S'EN ÉTAIT DÉJÀ CHARGÉ...
IL A PRIS DES TONNES DE PHOTOS DE MOI, MAIS IL N'A MÊME PAS ÉTÉ CAPABLE DE ME COMPRENDRE

MOI, JE TE CONNAIS DEPUIS LONGTEMPS, ET JE SAIS COMMENT TU ES
TU N'ES PAS DU GENRE À VOLER LA CRÉATION DE QUELQU'UN
ANAÏS !
C'EST VRAI QUE JE SUIS UN LÂCHE ET QUE J'ESSAIE TOUJOURS D'ÉVITER LES CONFLITS
MAIS J'AI REFUSÉ DE REPRENDRE LE DOJO DE MA GRAND-MÈRE, ALORS QUE ÇA SIGNIFIAIT BEAUCOUP POUR ELLE. JE N'EN AI FAIT QU'À MA TÊTE, IL FALLAIT BIEN QUE JE LE PAIE D'UNE MANIÈRE OU D'UNE AUTRE. C'EST POUR ÇA QUE JE N'AI PLUS LE DROIT DE ME SERVIR DES TECHNIQUES DE NOTRE FAMILLE
SI J'AI VOULU DEVENIR PARFUMEUR, C'EST GRÂCE AUX PARFUMS QUE MON ONCLE KAGARI ENVOYAIT À MA MÈRE, QUAND J'ÉTAIS PETIT...
C'EST EN VOYANT L'EXPRESSION DE MA MÈRE, À CHAQUE FOIS QU'ELLE OUVRAIT UN FLACON QUE...

J'AI VOULU EN CRÉER MOI-MÊME, POUR ENVELOPPER À MON TOUR LES GENS DANS UN NUAGE DE BONHEUR
HUM...
C'EST PAS MAL
COMME MOTIVATION
ET PUIS, TU AS PROMIS DE ME FABRIQUER UN PARFUM À BASE DE LYS POUR LE JOUR DE MON MARIAGE
AIDE-MOI À FERMER MA CHAÎNE
MAIS ?

CET ARÔME ENSORCELANT, ENVOÛTANT… AUCUN PARFUMEUR NE POURRA JAMAIS LE RECRÉER…

Parfum
Extrait
LE PARFUM

SUMMER SALE
QUOI ? ON VA VOIR TON COUSIN, ANAÏS ?
ET QU'EST-CE QU'IL FAIT LÀ ?
HMM...
TU AS DÉJÀ VU UN STAND DE DÉMONSTRATION DE COUTEAUX ? BEN C'EST À PEU PRÈS LA MÊME CHOSE

- Des eaux magiques
et luxueuses -
Extrait de parfum
Parfum de toilette
Eau de toilette
Eau de Cologne
On dit que ces fragrances suaves et fascinantes ont la faculté de rendre les gens heureux
Du moins, j'en suis persuadé
MON CŒUR SE REMPLIT DE L'ARÔME DES FREESIAS, QUE J'AIME TANT... C'EST TOUT À FAIT CE QUE JE DÉSIRAIS
C'EST MERVEILLEUX...
Le sourire de ces dames en est la meilleure preuve
C'EST KANADÉ SAIKAWA, LE PARFUMEUR DE GÉNIE QUI TRAVAILLE POUR LES FEMMES RICHES ET CÉLÈBRES
TU AS VU COMME IL EST HABILE ? IL EST CAPABLE DE CRÉER UN PARFUM SUR MESURE POUR QUELQU'UN QU'IL VIENT TOUT JUSTE DE RENCONTRER !
IL PARAÎT QU'IL COMPOSE LES SENTEURS POUR QU'ELLES S'HARMONISENT AU MIEUX AVEC L'ODEUR NATURELLE DE LA PERSONNE !

LE COFFRET OÙ IL RANGE TOUTES SES ESSENCES S'APPELLE UN "ORGUE À PARFUM"
C'EST UN DON DIVIN, DE SAVOIR INSTANTANÉMENT QUEL EXTRAIT UTILISER ET EN QUELLE QUANTITÉ, PARMI CETTE MULTITUDE DE FIOLES
EN PLUS...
JE N'AURAIS JAMAIS IMAGINÉ QUE MONSIEUR KANADÉ PUISSE ÊTRE SI JEUNE ET SI SYMPATHIQUE...
CE REGARD ASSURÉ... CETTE MAIN EXPERTE !
IL EST MAGNIFIQUE...
WAAH !
JE SUIS DÉSOLÉ ! J'AVAIS PRESQUE TERMINÉ, J'AI RELÂCHÉ MA VIGI-LANCE...
OH LÀ LÀ, QU'EST-CE QUE JE VAIS FAIRE ?
KYAAH !

JE M'EN CHARGE, MONSIEUR
LAISSEZ
PARDON !
PARDON !
MAIS... C'EST MA VESTE !
WAAH !
MILLE EXCUSES !
JE VAIS VOUS DÉDOMMAGER
NON MAIS VRAIMENT...
SORTI DE SA SPÉCIALITÉ, IL EST VRAIMENT BON À RIEN
ENGAGER UN MALADROIT COMME TOI POUR FAIRE UNE DÉMONSTRATION DE PARFUM, C'EST VRAIMENT UNE IDÉE LOUFOQUE ! ILS N'ÉTAIENT PAS AU COURANT, DANS CE GRAND MAGASIN ?
C'EST QUOI, CE TYPE ?
A...
ANAÏS...

AH, VOICI LILAS NISHIZAKI, ELLE EST DANS MA CLASSE
ET ÇA, C'EST MON COUSIN KANADÉ
"ÇA" ?
COMME TU PEUX LE VOIR...
JE N'AI PAS DE LIEN DE SANG AVEC LUI, MON PÈRE M'A EUE AVEC SON EX-FEMME
C'EST ONCLE KAGARI QUI M'A FORCÉ À FAIRE ÇA !
AU TÉLÉPHONE, IL M'A MENACÉ : "TU NE SORS JAMAIS DE CHEZ TOI, ALORS J'AI PRIS L'INITIATIVE DE TE PRÉSENTER MOI-MÊME. TU N'AS PAS INTÉRÊT À ME FAIRE FAUX BOND"...
ET IL A EU RAISON ! JE DEVRAIS AVOIR UNE PETITE DISCUSSION AVEC NOTRE ONCLE
HM ?
BONJOUR...
À CÔTÉ D'ANAÏS, BLONDE AUX YEUX BLEUS ET LA TAILLE MANNEQUIN, CETTE FILLE CONTRASTE PAR SA PETITE TAILLE ET SON AIR TOUT MIGNON...
MAIS ELLE N'A PAS L'AIR DE SE SENTIR TRÈS BIEN...
DÉSOLÉ DE M'ÊTRE MONTRÉ SOUS UN MAUVAIS JOUR
JE SAIS ! POUR ME FAIRE PARDONNER...

!
QUEL GENRE DE PARFUM TU PRÉFÈRES ?
JE PEUX T'EN FAIRE UN, SI TU VEUX...
QU'EN PENSES-TU ?
NOON !!
SI J'AVAIS SU QUE TON COUSIN TRAVAILLAIT DANS UNE PARFUMERIE, ANAÏS...
JE NE SERAIS JAMAIS VENUE...
JE DÉTESTE LES PARFUMS !!

AH
B...
BON...
JE M'EN VAIS
JE SAIS QU'IL Y A DES GENS QUI N'AIMENT PAS TROP LES PARFUMS… MAIS QU'ON ME LE BALANCE EN PLEINE FIGURE, ÇA ME DÉPRIME…
LES PARFUMS, ÇA ME DONNE MAL À LA TÊTE !!
DES MIGRAINES HORRIBLES...
JE DÉTESTE LES PARFUMS
HÉ !
ATTENDS, LILAS !
QU'EST-CE QUI TE PREND ?
AH !
POURQUOI ?

POURQUOI... TU...
AAAAAH !
LILAS ?!
VITE ! APPELEZ UNE AMBULANCE !

MÉDECINE INTERNE, PNE
CLINIQUE DE L'UNIVERSITÉ SEIWADO
OUF, TU N'AS RIEN DE GRAVE...
TU M'AS FAIT PEUR, À T'ÉCROULER COMME ÇA
PARDON...
EXCUSE-MOI, KANADÉ... TOUT À L'HEURE, JE NE VOULAIS PAS DIRE ÇA... SUR LES PARFUMS...
MALA-DROIT
HEIN ?!
DÉTES-TE...
DÉTES-TE...
DÉTES-TE...
J'ÉTAIS MAL À L'AISE, UN PEU SUR LES NERFS, ET JE ME SUIS MONTRÉE AGRESSIVE
MAIS EN FAIT, JE NE DÉTESTE PAS LES PARFUMS...
J'EN AI PEUR

QUOI ?
TIENS ?
CE NE SERAIT PAS LA CLINIQUE DE L'UNIVERSITÉ SEIWADO ?
AH, SI
C'EST BIEN ÇA
JE VOIS...
PUISQUE JE SUIS LÀ, JE VAIS ALLER LE VOIR...
VOUS VENEZ AVEC MOI ? QUELQU'UN QUE JE CONNAIS EST HOSPITALISÉ ICI
? PEUR ? ??
ELLE A PEUR DES PARFUMS ? ?
AH BON ? ON PEUT VRAIMENT VENIR ?
ON RISQUE PAS DE GÊNER ?
MAIS NON, PAS DU TOUT
DE TOUTE FAÇON, MON PÈRE N'EST PLUS EN ÉTAT DE VOIR QUOI QUE CE SOIT

SON PÈRE ?!
IL Y A 9 ANS, IL A EU UN ACCIDENT... IL A FAIT UNE CHUTE, ET IL EST DANS LE COMA DEPUIS
AH BON...
C'EST LA PREMIÈRE FOIS QUE TU ME PARLES DE TON PÈRE !
NE VOUS EN FAITES PAS POUR MOI
IL EST COMME ÇA DEPUIS QUE JE SUIS PETITE, JE SUIS HABITUÉE
!
QU'EST-CE QUE C'EST...
UNE PRÉSENCE À L'ODEUR MALÉFIQUE S'APPROCHE DE NOUS À GRANDE VITESSE…

QU'EST-C QUE VOU FAITES TOUS LÀ
MON BEAU-FRÈRE N'EST PAS UN ANIMAL DE FOIRE !
C'EST ELLE… C'EST COMME SI ELLE S'ÉTAIT ASPERGÉE DE PARFUM DE LA TÊTE AUX PIEDS…
QUELLE ODEUR ÉTOUFFANTE !!
BEURK
TANTE AKI !!
SON ODORAT EST PLUS DÉVELOPPÉ QUE CELUI D'UN CHIEN
UN MAQUILLAGE OUTRANCIER, DES FAUX ONGLES DE COULEUR CRIARDE, UN HAUT MOULANT QUI LAISSE VOIR SON NOMBRIL, BONJOUR LE LOOK !!
C'EST SA TANTE ? MAIS QUEL ÂGE ELLE PEUT AVOIR ??
むん むん
C'EST MOI QUI SUIS CHARGÉE DE M'OCCUPER DE LUI, DÉGUERPISSEZ
TA GRAND-MÈRE VA S'INQUIÉTER, SI TU TARDES TROP
QU'EST-CE QUE TU FAIS ICI, D'ABORD ? TU NE VIENS JAMAIS LUI RENDRE VISITE, D'HABITUDE, ESPÈCE DE PETITE INGRATE
ALLONS BON
UNE DÉCOLORÉE AVEC DES LENTILLES BLEUES ? MA PAUVRE LILAS… TU DEVRAIS MIEUX CHOISIR TES AMIES… ELLE A TRÈS MAUVAIS GENRE
GRRR !
VOUS ÊTES MAL PLACÉE POUR FAIRE DES RÉFLEXIONS !
JE SUIS FRANÇAISE ! UNE FRANÇAISE ÉLEVÉE AU JAPON, ÇA VOUS ÉTONNE ?!

JE VAIS LUI APPRENDRE LES BONNES MANIÈRES, À CETTE VIEILLE PEAU !!
MURF
ATTENDS, KANADÉ !!
LÂCHE-MOI !
ずる
ずる
JE VOIS PAS POURQUOI MON BEAU-FRÈRE SERAIT CONTENT DE TE VOIR, LILAS, ALORS QUE C'EST TOI QUI AS TUÉ MA SŒUR, TA PROPRE MÈRE
PARDON D'AVOIR TROUBLÉ VOTRE SYMPATHIQUE RÉUNION FAMILIALE !
LILAS, ANAÏS... VENEZ, ON S'EN VA
C'EST ÇA, FICHEZ-MOI LE CAMP
ムキー
C'EST QUOI, CETTE POUFFE ?!
POURQUOI TU M'AS PAS LAISSÉE LUI FAIRE UNE PRISE FATALE, KANADÉ ?!

PRATIQUER LES TECHNIQUES D'AÏKIDO DE L'ÉCOLE SAIKAWA SANS UNE GRANDE MAÎTRISE DE SOI PEUT CONDUIRE À LA MORT DE L'ADVERSAIRE
MAIS ELLE A ACCUSÉ LILAS D'AVOIR TUÉ SA MÈRE ! ELLE EST COMPLÈTE-MENT TARÉE, CETTE BONNE FEMME !
NON, C'EST LA VÉRITÉ
D'APRÈS LES MÉDECINS, MA MÈRE ÉTAIT DE FAIBLE CONSTITUTION. ELLE EST MORTE EN COUCHE JUSTE APRÈS M'AVOIR DONNÉ NAISSANCE
C'EST SÛREMENT À CAUSE DE ÇA QUE MON PÈRE M'A TOUJOURS LAISSÉ CHEZ MA GRAND-MÈRE. MÊME QUAND IL ÉTAIT ENCORE VALIDE, ON NE SE VOYAIT PAS SOUVENT
À FORCE D'ENTENDRE MA TANTE ME DIRE QU'IL ME DÉTESTAIT, J'AI FINI PAR ME FAIRE UNE RAISON
LA SEULE CHOSE QUE M'AIT DONNÉ MON PÈRE, C'EST MON PRÉNOM, "LILAS"...
POUR...
QUOI...
JE N'AI PAS D'AUTRE SOUVENIR
DE LUI
NON, AUCUN...

LILAS...
MAIS...
N'ALLEZ SURTOUT PAS CROIRE TOUTES LES MÉCHANCETÉS QUE RACONTE MA TANTE
RIEN QU'À VOIR LA MANIÈRE DONT ELLE SE PARFUME, ON A TOUT COMPRIS
HEIN ?
C'EST-À-DIRE ?
METTRE BEAUCOUP TROP DE PARFUM DE FAÇON AUSSI OSTENSIBLE, C'EST CLAIREMENT POUR METTRE LES GENS MAL À L'AISE
INCONSCIEMMENT, SON PARFUM DEVIENT UNE ARME POUR DISSIMULER SES VÉRITABLES SENTIMENTS DEPUIS LONGTEMPS REFOULÉS... IL ARRIVE AUSSI QUE ÇA CACHE UNE INSTABILITÉ PSYCHOLOGIQUE
QUAND LES PARFUMS SONT PRÉSENTÉS SOUS FORME DE SPRAY, UNE SEULE PRESSION SUFFIT
À UNE DISTANCE DE 10 À 20 CM
SI LA BOUTEILLE N'A PAS DE VAPORISATEUR, ON EN MET UN PEU SUR LA MAIN ET ON L'APPLIQUE LÉGÈREMENT SUR LES ZONES STRATÉGIQUES
C'EST AGRÉABLE DE PERCEVOIR UNE SUBTILE SENTEUR PENDANT QU'ON TRAVAILLE, PAR EXEMPLE
SUR LE TENDON D'ACHILLE, AU CREUX DES GENOUX, À L'INTÉRIEUR DES CUISSES, SUR LES HANCHES...
COMME JE LE DIS SOUVENT, LES POINTS DE PULSATION SONT ÉGALEMENT DES ZONES PRIVILÉGIÉES : L'INTÉRIEUR DU POIGNET OU LA PLIURE DU COUDE, PAR EXEMPLE
UN SEUL PSCHITT EST VRAIMENT LA QUANTITÉ IDÉALE, CE N'EST PAS LA PEINE D'EN METTRE PLUS
ET NE VAPORISEZ PAS TROP PRÈS, ÇA NE SERVIRAIT QU'À VOUS MOUILLER
APRÈS PLUSIEURS HEURES, SI LE PARFUM S'EST ESTOMPÉ, LÀ VOUS POUVEZ EN REMETTRE

TU SAIS, LILAS, JE SUIS UN PASSIONNÉ DE PARFUM, ET ÇA M'ATTRISTE...
DE T'ENTENDRE DIRE QUE TU LES DÉTESTES... OU PLUTÔT QUE TU EN AS PEUR
JE SUIS PERSUADÉ QUE LES PARFUMS EXISTENT POUR RENDRE LES GENS HEUREUX...
TU VAS PEUT-ÊTRE ME TROUVER UN PEU CAVALIER... MAIS J'AIMERAIS BIEN DÉCOUVRIR QUELLE EST LA SENTEUR QUI T'ANGOISSE À CE POINT
COMMENT ÇA ?
PAR EXEMPLE, TOUT À L'HEURE, TA TANTE PORTAIT UN PARFUM À BASE DE JASMIN, "DROIT"...
QUAND TU L'AS SENTI, TU N'AS PAS PANIQUÉ ET TU N'AS PAS FAIT DE MALAISE
ALORS IL FAUDRAIT ÉTUDIER LES PARFUMS UN À UN POUR TROUVER QUEL EST CELUI QUI TE FAIT PEUR, ET REMONTER JUSQU'À LA CAUSE DE CE TRAUMATISME...
TU AURAIS DÛ...

À LA BASE, LES PARFUMS SONT CENSÉS RELAXER, PAS L'INVERSE
SI TU ÉLIMINES L'ORIGINE DE CE MALAISE, TU POURRAS UN CHOISIR UN PARFUM QUI TE PLAÎT, ET TU VERRAS TON PÈRE SOUS UN AUTRE ANGLE
ÇA SUFFIT !!
LILAS !!
LAISSEZ-MOI TRANQUILLE, À LA FIN !!
LES PARFUMS, J'AI HORREUR DE ÇA !!
ILS S'IN-SINUENT PARTOUT... POUR SEMER LE TROUBLE SANS AUCUNE PITIÉ !

AAH...
JE NE L'AI JAMAIS VUE COMME ÇA, QU'EST-CE QUI LUI ARRIVE ?
T'ES SEULEMENT UN PAUVRE GARS OBSÉDÉ PAR LES PARFUMS, QU'EST-CE QUE TU PEUX FAIRE POUR ELLE ?
ET TOI, DEPUIS QUAND TU TE PRENDS POUR UN PSYCHIATRE ?!
C'EST VRAI... JE SUIS DÉSOLÉ
JE SAIS... C'ÉTAIT JUSTE UNE QUESTION D'EGO
JE NE PEUX PAS ACCEPTER LE FAIT QUE LES PARFUMS PUISSENT FAIRE SOUFFRIR QUELQU'UN !
TU M'INVITES
OK...
PAPA...
C'EST JOLI...
C'EST MAGNIFIQUE !!
PAPA
TOUT EST VIOLET AUTOUR DE NOUS !!

!
IL FAIT TOUT NOIR !!
MAIS D'OÙ VIENT CE PARFUM DE FLEURS QUI M'ASPHYXIE ?
J'AI MAL !! JE N'ARRIVE PLUS À RESPIRER !
LILAS...
TU AURAIS DÛ...
AH... PAPA !!
MOURIR À LA PLACE DE TA MÈRE

HAA
HAA
...
KANADÉ !
EUH...

FINALEMENT...
JE VOUDRAIS SAVOIR POURQUOI J'AI PEUR DES PARFUMS...
DEPUIS CE JOUR, JE N'ARRÊTE PAS DE FAIRE LE MÊME RÊVE... JE RÊVE D'UNE CERTAINE ODEUR... ET DE MON PÈRE...
JE ME RENDS COMPTE QUE SI J'ÉVITE MON PÈRE, C'EST EN PARTIE À CAUSE DE CETTE ODEUR...
SI J'ARRIVE À CONNAÎTRE LA VÉRITÉ ET À GUÉRIR MA PHOBIE DES PARFUMS...
JE POURRAIS PEUT-ÊTRE... FAIRE FACE À MON PÈRE... HEIN, KANADÉ ?
BIEN SÛR
LES PARFUMS SONT DES EAUX MAGIQUES ET EUPHORISANTES, ILS NE TE VEULENT PAS DE MAL
MARIGE

A l'époque où je dessinais ce chapitre, j'ai acheté les parfums ci-dessous. Je ne savais pas quels étaient les vrais parfums à base de lilas.

Le goulot de la bouteille a la forme de deux alliances.

Je suis nulle, hein ?

C'est un parfum floral et musqué.

Eclat d'Arpège, de Lanvin

J'aime depuis longtemps les parfums de chez Ayura. Quand je me sens fatiguée, leur senteur vivifiante me donne un bon coup de fouet.

J'adore le design des flacons Ayura !

C'est un parfum très frais, aux notes d'encre, de thé vert et d'œillet.

Spirit of Ayura, eau de parfum de chez Ayura

Pour finir, voici mon parfum préféré du moment. C'est un parfum délicieux, on aurait presque envie de le boire ! Je suis en extase devant.

Pamplemousse, litchi, mangue...

En tout cas, c'est fruité !

Love Paradise, d'Estelle de Valrose

LA NOTE DE FOND, C'EST DE LA ROSE...
ET DE L'HÉLIOTROPE...
CE N'EST PAS ÇA...
BON
ET CECI ?
LES PARFUMS SONT COMPOSÉS DE PLUSIEURS ESSENCES DISTINCTES
ET PARMI ELLES, IL Y EN A UNE QUI T'ÉVOQUE DE LA PEUR...
LA COMPOSITION DE CE PARFUM... EST MAJORITAIREMENT FLORALE
!
ÇA VA ?!
OUI... MAIS... C'EST ÇA...
!

COMME C'EST BEAU !
TU AS VU ÇA, PAPA ?!
C'EST COMME UN GRAND RIDEAU VIOLET !!
WAAH, QUELS GRANDS ARBRES
ÇA SENT LA NATURE
C'EST TROP, TROP BON
PAPA !
MAIS COMMENT ÇA SE FAIT ?
PAPA N'EST JAMAIS LÀ, D'HABITUDE, IL EST TOUT LE TEMPS PRIS PAR SON TRAVAIL
ET AUJOURD'HUI, IL EST AVEC MOI… ET IL EST SI GENTIL
EST-CE QUE TATA M'AURAIT MENTI ?
PAPA NE ME DÉTESTE PAS, EN FAIT ?

TIENS ?
PAPA…
OÙ IL EST PASSÉ ?
KYAAH !!
PAPA ?!
FINALEMENT, TU NE M'AIMES PAS ?!

PARCE QUE J'AI… J'AI TUÉ MAMAN ?!
NOON !!
GRR !
UN ONGLE… NOIR ?!
HAA...
HAA !
VA-T'EN !!

AU SECOURS !!
POURQUOI...
TU...
POURQUOI TU...

AAAHH
LILAS !!
C... C'EST MOI !!
IL A ESSAYÉ DE ME TUER... JE LUI AI LANCÉ UNE PIERRE... ET J'AI FAIT TOMBER MON PÈRE DANS LE RAVIN !
IL AVAIT LA TÊTE PLEINE DE SANG...
PAPAA !!

ELLE A RÉAGI AU PARFUM DU LILAS
CETTE SENTEUR A DÉCLENCHÉ EN ELLE "L'EFFET PROUST"... LES MOLÉCULES DE PARFUM SONT ENVOYÉES AU CERVEAU VIA LES AMYGDALES, ET L'HYPOTHALAMUS QUI CONTRÔLE LES ÉMOTIONS
IL A RÉVEILLÉ EN ELLE UN SOUVENIR ENFOUI DEPUIS LONGTEMPS
DU LILAS... OUI, UN IMMENSE RIDEAU DE FLEURS MAUVES... CETTE ODEUR DOUCEÂTRE !
CE JOUR-LÀ, MON PÈRE EST RESTÉ AVEC MOI TOUTE LA JOURNÉE...
ON SE PROMENAIT DANS LE PARC DE L'UNIVERSITÉ DU DOCTEUR CLARK, AU MILIEU DES PEUPLIERS... JE MANGEAIS UNE GLACE...
ET TOUT D'UN COUP, ON EST ARRIVÉS DANS UN JARDIN SAUVAGE REMPLI DE LILAS EN FLEURS !
QUAND J'Y PENSE, C'ÉTAIT LA PREMIÈRE FOIS QUE MON PÈRE ÉTAIT AUSSI GENTIL AVEC MOI
MAIS IL M'A EMMENÉE LÀ-BAS AVEC L'INTENTION DE M'ÉTRANGLER...
MALGRÉ TOUT ...
C'EST MOI QUI AI MIS MON PÈRE DANS CET ÉTAT !!

DANS CERTAIN CAS, CETT RÉACTIO DEVIENT UN PIÈG TRÈS DAN GEREUX
PRÉCISÉMENT LORSQUE, COMME POUR ELLE, LE PARFUM FAIT RESSURGIR UN DOULOUREUX SOUVENIR DE L'ENFANCE…
JE CROIS QUE LE LILAS EST LA FLEUR QUI SYMBOLISAIT LA RENCONTRE DE PAPA ET MAMAN...
C'EST POUR ÇA QUE PAPA A VOULU ME TUER LÀ-BAS, MOI QUI AI CAUSÉ LA MORT DE MAMAN !!
ATTENDS !!
C'EST VRAI, CETTE HISTOIRE ?! SI J'EN CROIS CE QUE TU AS RACONTÉ, TU N'AS PAS PU VOIR QUI AVAIT ESSAYÉ DE T'ÉTRANGLER, PUISQUE TU AVAIS UN SAC SUR LA TÊTE, C'EST BIEN ÇA ?!
C'EST VRAI QUE... AH !
TOUT NOIR !!
MAIS...
JE ME SOUVIENS D'UNE CHOSE. SUR SA MAIN GAUCHE, MON AGRESSEUR AVAIT L'ONGLE DU MAJEUR...
TU ES SÛRE QUE C'ÉTAIT LE DOIGT DE TON PÈRE ?!
N... NON... IL EST DANS LE COMA DEPUIS...
ET COMME JE VOULAIS LE FUIR LE PLUS POSSIBLE... JE NE SUIS JAMAIS ALLÉE LE VOIR À L'HÔPITAL...

ON VA ALLER DANS SA CHAMBRE ET VÉRIFIER SES MAINS !
SI SON ONGLE N'EST PAS NOIR, ÇA VOUDRA DIRE QUE TOUT TON SOUVENIR EST ALTÉRÉ !
N... NON !
JE NE PEUX PAS FAIRE ÇA...
J'AI TROP PEUR !!
SI MON PÈRE A VRAIMENT LES DOIGTS COMME DANS MON SOUVENIR...
ÇA VOUDRA DIRE QU'INCONSCIEMMENT, JE FUYAIS MON PÈRE PARCE QUE JE SAVAIS QUE C'ÉTAIT MOI QUI L'AVAIS RENDU COMME ÇA !!
JE NE VEUX PAS !!
LILAS !!
TU NE VOULAIS PAS TE BATTRE POUR TROUVER LA VÉRITÉ ?
NE T'INQUIÈTE PAS
CE N'EST PAS TOI, LA COUPABLE
EXCUSE-MOI, POUR LE MOMENT, JE N'AI PAS ENCORE DE PREUVES
DE TEMPS EN TEMPS, LES PARFUMS PEUVENT INDUIRE DE DOUX MENSONGES
MAIS ÇA VAUT LA PEINE DE TENTER LE COUP...

ET POUR DÉVOILER CES MENSONGES..
IL FAUT CONTRE-ATTAQUER AVEC UN AUTRE PARFUM...
ET LE PARFUM QUI TE MÈNERA VERS LA VÉRITÉ...
JE SUIS SÛR QUE C'EST CELUI-LÀ...
KANADÉ...
V... VRAIMENT !?
ENCORE VOUS ?
QU'EST-CE QUE VOUS LUI VOULEZ, À MON BEAU FRÈRE ? VOUS SAVEZ BIEN QU'IL EST INCONSCIENT !
ON N'EN AURA PAS POUR LONGTEMPS, TANTE AKI !
ANAÏS !

QU...
TENEZ-VOUS UN PEU TRANQUILLE, MADAME !
VOTRE SURPLUS DE PARFUM ET VOS EXCÈS DE VOIX VONT TROUBLER MON ACCORDAGE
EXCUSEZ-MOI !
AH !
IL N'A...
SUR AUCUNE DE SES MAINS...
D'ONGLE NOIR !!
QUOI ?!
SES ONGLES ?!

QU'EST-CE QUE...
QU'EST-CE QUE VOUS ALLEZ FAIRE ? VOUS VOULEZ TUER MON BEAU-FRÈRE ?! QU'EST-CE QU'IL Y A, DANS CETTE BOÎTE ?
CES SUBSTANCES NE SONT PAS AUSSI VULGAIRES QUE VOUS L'IMAGINEZ
C'EST UNE MALLETTE DE PARFUMEUR... UN "ORGUE À PARFUMS"...
UN CLAVIER SUR LEQUEL UN PARFUMEUR PEUT COMPOSER UNE INFINITÉ DE MÉLODIES, JUSQU'À CE QU'IL ARRIVE À RECRÉER LE PARFUM DE LA VÉRITÉ
UNE VÉRITÉ CACHÉE, INVISIBLE À L'ŒIL ET IMPERCEPTIBLE À L'OREILLE...
EST TOUJOURS GRAVÉE QUELQUE PART DANS LE CERVEAU HUMAIN, PRÊT À REJAILLIR À LA MOINDRE OCCASION... C'EST LE MIRACLE DU PARFUM
UN PARFUMEUR GARDE LE SOUVENIR D'UN NOMBRE ILLIMITÉ DE SENTEURS, EN ANALYSE CHAQUE CELLULE ET PEUT TOUTES LES RECONNAÎTRE, À COMMENCER PAR L'ÉTAT ZÉRO...
KANADÉ !! SON EXPRESSION… ET SON REGARD ONT CHANGÉ DU TOUT AU TOUT !
IL MANIPULE SES ESSEN-CES D'UN GESTE VIF ET ADROIT…
IL N'A PLUS RIEN À VOIR AVEC TOUT À L'HEURE…

IL EST IMPOSSIBLE DE TROMPER UN PARFUMEUR
TIENS, RESPIRE CECI...
JE DOIS RASSEMBLER TOUT MON COURAGE…
HEIN ?!
!
ET NE PLUS FUIR LA VÉRITÉ !!
!
POURQUOI ?
TOI…
TU AURAIS DÛ…

TU AURAIS... DÛ...
ARRÊTE !!
POURQUOI TU T'EN PRENDS À LILAS ?
A...
AKI !!
TANTE AKI ?!
CE JOUR-LÀ... CELLE QUI M'A ÉTRANGLÉE...
ET QUI A JETÉ PAPA DANS LE RAVIN...
JE M'EN SOUVIENS ! C'ÉTAIT TOI, TANTE AKI !!
QU...
QU'EST-CE QUE TU RACONTES ?!
QU'EST-CE QUE CE PARFUM PEUT BIEN PROUVER ?!
C'EST JUSTE DE L'ESSENCE DE LILAS !

LE PARFUM !
IL SE RÉPAND DANS TOUTE LA CHAMBRE !
VOUS AVEZ BIEN RECONNU L'ODEUR DU LILAS...
MAIS CE N'EST PAS DE LA SIMPLE ESSENCE DE LILAS... C'EST UN MÉLANGE SPÉCIAL, AUQUEL J'AI AJOUTÉ LE PARFUM À BASE DE JASMIN QUE VOUS PORTEZ EN PERMANENCE...
!!
EN GROS, ÇA LUI A RAPPELÉ QUE VOUS ÉTIEZ LÀ VOUS AUSSI, CE JOUR-LÀ...
MAIS ALORS... LE SOUVENIR QUE J'AVAIS GARDÉ JUSQU'À MAINTENANT...
LE PARFUM ENVOIE UN STIMULUS À TON CERVEAU, ET LES INFORMATIONS QU'IL REÇOIT DANS SA RÉGION PRIMITIVE SONT ENSUITE CLASSÉES EN DEUX CATÉGORIES ÉMOTIONNELLES : AGRÉABLE ET DÉSAGRÉABLE
TA TANTE VOULAIT TE FAIRE CROIRE QUE TON PÈRE TE DÉTESTAIT, ET TU AS FINI PAR TE PERSUADER QUE CE SENTIMENT ÉTAIT LA RÉALITÉ

MAIS VOUS RACON-TEZ N'IM PORTE QUOI !
LÂCHE-MOI, FILLET-TE !!
UN POI-GNARD ?!
NON, C'E DE LA FOLIE..
ON NE PRATIQU PAS CE GENR DE PRISE SUR UNE NÉOPHYT ANAÏS...
MAIS JE ME RETIENS, T'INQUIÈTE PAS
TECHNIQUE D'IMMOBILI-SATION AU CONTACT DE L'ÉCOLE SAIKAWA

AU FAIT, MADAME, ÇA FAIT UN MOMENT QUE JE ME POSE DES QUESTIONS...
SUR VOTRE VERNIS À ONGLE FLASHY !
VOUS ÊTES PEUT-ÊTRE UNE PASSIONNÉE DE MANUCURE, MAIS VOUS AVEZ PASSÉ L'ÂGE DE PORTER DES FAUX ONGLES DÉCORÉS
UN P'TIT COUP DE DISSOL-VANT
N... NON, ARRÊTE !!
L'ONGLE NOIR... QUE J'AVAIS VU CE JOUR-LÀ !!
ET ALORS ? QU'EST-CE QUE ÇA VOUDRAIT DIRE ?!
JE ME SUIS COINCÉ CE DOIGT DANS LA PORTIÈ-RE D'UNE VOITURE, IL Y A LONG-TEMPS !
TU PENSES QUE C'EST MOI QUI AI ESSAYÉ DE T'ÉTRANGLER DANS LE CHAMP DE LILAS ? TOUT ÇA À CAUSE DE CET ONGLE ?!

COMMENT POUVEZ-VOUS SAVOIR QUE...
QUELQU'UN A VOULU ÉTRANGLER VOTRE NIÈCE DANS UN CHAMP DE LILAS ?
ELLE NE S'EN RAPPELAIT PLUS ELLE-MÊME, JUSQU'À TOUT À L'HEURE
!
UNE PETITE FILLE À MOITIÉ ASPHYXIÉE QUI POUSSE UN HOMME ADULTE DANS UN FOSSÉ... CE N'EST PAS TRÈS CRÉDIBLE
ET LA GRANDE CICATRICE QU'IL PORTE SUR LE FRONT... ÇA NE RESSEMBLE PAS À UNE BLESSURE INFLIGÉE PAR UN CAILLOU...
MAIS PLUTÔT...
À UNE ENTAILLE FAITE PAR UNE LAME... C'EST LA PREMIÈRE IMPRESSION QUE J'AI EUE EN LA VOYANT...
DEPUIS QUAND AVEZ-VOUS CE POIGNARD EN VOTRE POSSESSION ?

C'EST RIDICULE...
VOUS N'ALLEZ PAS CROIRE SON TÉMOIGNAGE... ELLE ÉTAIT TOUTE PETITE, SES PAROLES N'ONT AUCUN POIDS... IL N'Y A RIEN DE VÉRIDIQUE LÀ-DEDANS...
EH NON
TANT QUE MON BEAU-FRÈRE SERA DANS LE COMA, VOUS NE POURREZ OBTENIR AUCUNE PREUVE...
LA VÉRITÉ SERA TOUJOURS LA MÊME : MON BEAU-FRÈRE A VOULU ÉTRANGLER LILAS CAR ELLE AVAIT PROVOQUÉ LA MORT DE SA FEMME !
C'EST VRAI... MA MÈRE EST MORTE EN ME DONNANT NAISSANCE...
C'EST NORMAL QUE MON PÈRE ME DÉTESTE !
PAS DU TOUT...
TA MÈRE ÉTANT DÉCÉDÉE, ELLE N'A PAS PU TE BAPTISER. C'EST TON PÈRE QUI T'A DONNÉ CE PRÉNOM, N'EST-CE PAS ?
HEIN ?

LE LILAS LE PLUS CONNU EST LE LILAS FRANÇAIS, D'UNE BELLE COULEUR VIOLETTE
C'EST POURQUOI TON PÈRE A CHOISI CE NOM FRANÇAIS, "LILAS"
TU AS BIEN DIT QUE CETTE FLEUR SYMBOLISAIT LA RENCONTRE ENTRE TON PÈRE ET TA MÈRE ?
TU PENSES QU'IL AURAIT DONNÉ CE NOM À SA FILLE, S'IL NE L'AIMAIT PAS ÉNORMÉMENT ?
TU ES MON TRÉSOR, MA PRÉCIEUSE PETITE FILLE QUE MA FEMME A PROTÉGÉE AU PÉRIL DE SA VIE
POUR MARQUER À JAMAIS... MON SOUVENIR LE PLUS CHER...
JE VAIS T'APPELER... "LILAS" !!

C'EST VRAI… PAPA ?
TU AIMES VRAIMENT… TA PETITE LILAS ?
LE PARFUM A CHANGÉ ?
LA NOTE DE TÊTE S'EST ESTOMPÉE ET A LAISSÉ LA PLACE À LA NOTE DE CŒUR, L'ARÔME PRINCIPAL DU PARFUM
L'ODEUR DU JASMIN A DISPARU... C'EST UNE AUTRE ODEUR, PLUS FRAÎCHE !
ÇA ME RAPPELLE... DE VIEUX SOUVENIRS !
J'AI ASSEMBLÉ LES ESSENCES EN FONCTION DU RÉCIT QUE NOUS AVAIT FAIT LILAS, POUR FAIRE REVIVRE LEURS SOUVENIRS À TOUS LES DEUX
J'AI MIS DU BOIS DE SANTAL ET QUELQUES HERBES POUR RETROUVER LE CHEMIN BORDÉ D'ARBRES ET L'ODEUR DE LA FORÊT
DE LA VANILLE, QUELQUES NOTES FLORALES ET FRUITÉES POUR REPRÉSENTER LES FLEURS ET LA CRÈME GLACÉE
LAVENDER
EUCALYPTUS
ROSEWOOD

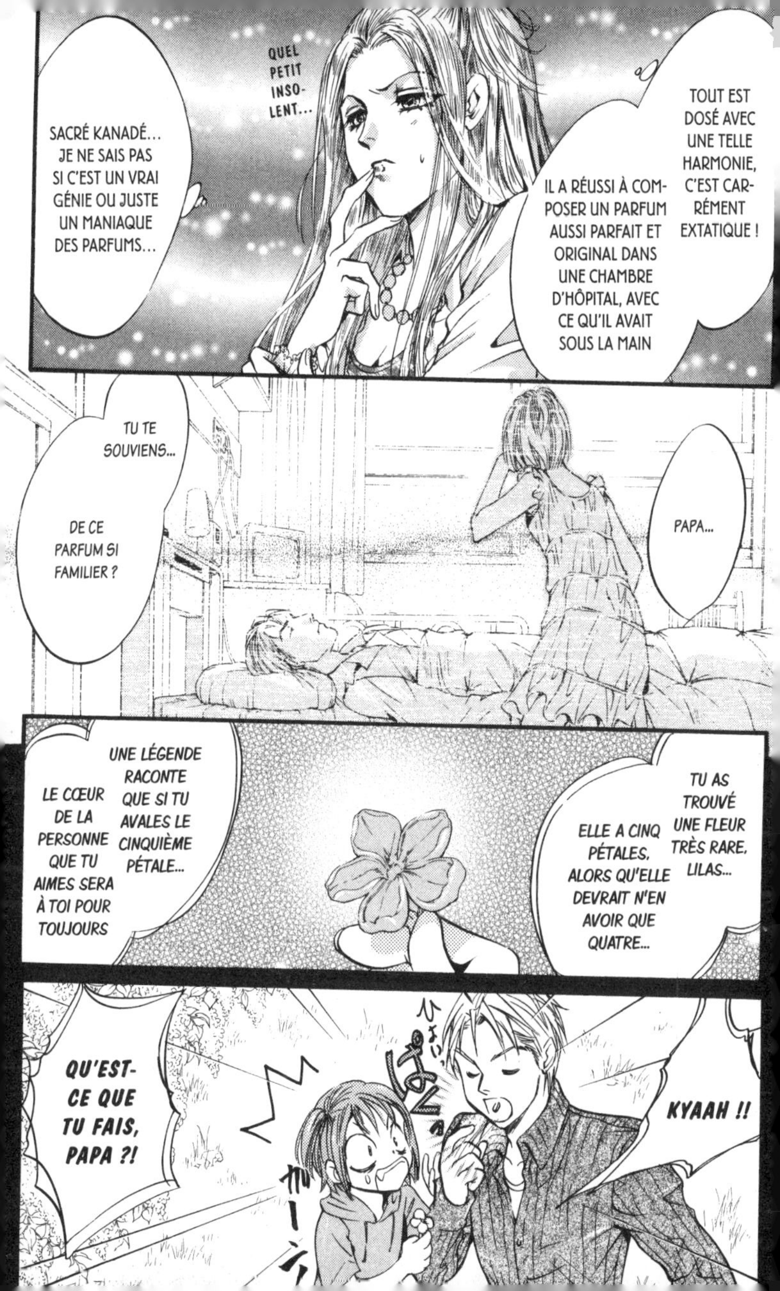
TOUT EST DOSÉ AVEC UNE TELLE HARMONIE, C'EST CARRÉMENT EXTATIQUE !
IL A RÉUSSI À COMPOSER UN PARFUM AUSSI PARFAIT ET ORIGINAL DANS UNE CHAMBRE D'HÔPITAL, AVEC CE QU'IL AVAIT SOUS LA MAIN
QUEL PETIT INSOLENT...
SACRÉ KANADÉ... JE NE SAIS PAS SI C'EST UN VRAI GÉNIE OU JUSTE UN MANIAQUE DES PARFUMS...
PAPA...
TU TE SOUVIENS...
DE CE PARFUM SI FAMILIER ?
TU AS TROUVÉ UNE FLEUR TRÈS RARE, LILAS...
ELLE A CINQ PÉTALES, ALORS QU'ELLE DEVRAIT N'EN AVOIR QUE QUATRE...
UNE LÉGENDE RACONTE QUE SI TU AVALES LE CINQUIÈME PÉTALE...
LE CŒUR DE LA PERSONNE QUE TU AIMES SERA À TOI POUR TOUJOURS
KYAAH !!
QU'EST-CE QUE TU FAIS, PAPA ?!

JE NE LAISSERAI PAS UN AUTRE GARÇON AVALER CE PÉTALE, PAS POUR LE MOMENT !
JE VEUX QUE TU RESTES ENCORE UN PEU AUPRÈS DE MOI, LILAS
MA PETITE FILLE CHÉRIE, QUI PORTE UN SI JOLI NOM DE FLEUR…

LILAS...

LILAS...
C'EST TOI ?
PAPA !!
MAIS...
TU... PLEURES ?
AAH !!
AKI ! POURQUOI... AS-TU ESSAYÉ DE TUER LILAS ?!
C'EST TOI... QUI M'AS DONNÉ CE COUP DE COUTEAU... ET QUI M'A POUSSÉ DE CETTE FALAISE ?!

PLUS JAMAIS..
TU NE TOUCHERAS À UN CHEVEU DE LILAS !!
C'EST LE SEUL SOUVENIR QUE J'AIE DE MA FEMME...
MA FILLE EST PLUS IMPORTANTE QUE MA PROPRE VIE !!
C'EST MA SŒUR, LA FAUTIVE !
C'EST MOI QUI VOUS AVAIS PRÉSENTÉS, TOUS LES DEUX...
C'EST MÊME MOI QUI LUI AI DIT : "PUISQUE TU ES ENCEINTE, PROFITEZ-EN POUR VOUS MARIER" !
QUAND ELLE ES MORTE, JE M SUIS DIT QUE ALLAIS ENFIN T'INTÉRESSE À MOI...
MAIS TU M'AS DIT QUE TU ÉTAIS TROP OCCUPÉ PAR TON TRAVAIL, QUE TU NE POUVAIS PAS PASSER ASSEZ DE TEMPS AVEC TA FILLE, ET QUE TU ALLAIS TRAVAILLER À TOKYO POUR SUBVENIR AUX BESOINS DE LILAS !
ET AVANT DE PARTIR, TU AS VOULU PASSER UNE JOURNÉE ENTIÈRE AVEC ELLE, DANS CE PARC QUI TE RAPPELAIT TA FEMME !

JE ME SUIS DIT... "SI SEULEMENT CETTE PETITE N'EXISTAIT PLUS" !!
MAIS JE NE M'ATTEN-DAIS PAS À CE QU'ELLE SE DÉBATTE COMME ÇA... ET TU AS FINI PAR ME RETROUVER !
ANS LA UTTE, JE AI DONNÉ COUP DE GNARD PAR REUR, ET ES TOMBÉ ANS LE IN !! MAIS N'AI PAS VOULU E TUER !!
WAAH !!
UN PARFUM A SORTI UN HOMME DU COMA
J'AVAIS DÉJÀ LU ÇA DANS DES LIVRES, MAIS IL FAUT LE VOIR POUR LE CROIRE...
COMME SA TANTE EST UN MEMBRE PROCHE DE SA FAMILLE ET QUE CET ACCIDENT EST ARRIVÉ IL Y A LONGTEMPS, ILS N'ONT PAS PORTÉ PLAINTE CONTRE ELLE
IS JE CROIS U'ELLE EST ARTIE SANS LAISSER ADRESSE... S ÉTONNANT
CAISSES
ACCUEIL TOUS SECTEURS

QUAND JE PENSE QUE CETTE FEMME ÉTAIT AUX PETITS SOINS POUR LE PAPA PENDANT TOUTE LA DURÉE DE SON HOSPITALISATION JUSTE PARCE QU'ELLE AVAIT L'IMPRESSION DE L'AVOIR ENFIN POUR ELLE TOUTE SEULE !
C'EST GLAUQUE
AH OUI...
C'EST AUSSI...
UN PEU TRISTE...
QU'EST-CE QUE TU RACONTES, KANADÉBILE ?! TU DEVRAIS PLUTÔT AVOIR DE LA PEINE POUR LILAS ET SON PÈRE, QUI ONT ÉTÉ SÉPARÉS PENDANT 9 ANS !
APRÈS L'ACCIDENT, LA TANTE A EU PEUR ET A PRIS LA FUITE, MAIS SI LILAS N'AVAIT PAS PERDU LA MÉMOIRE, ELLE AURAIT SÛREMENT ENCORE ESSAYÉ DE LA TUER !
ARRÊTE DE M'APPELER KANADÉBILE, À LA FIN...
L'ADOLESCENCE EST L'UNE DES PÉRIODES LES PLUS IMPORTANTES DANS LA VIE D'UNE JEUNE FILLE, ET SON PÈRE N'A PAS PU LA PASSER AVEC ELLE. IL NE SAIT PRESQUE RIEN SUR ELLE, EN FIN DE COMPTE. TU PENSES QU'ILS VONT POUVOIR RATTRAPER TOUT CE TEMPS PERDU ?
PEUT-ÊTRE QUE LILAS LUI EN VEUT ENCORE, ET QU'ELLE N'AURA PAS LE COURAGE DE LUI RENDRE VISITE...
ON FERAIT MIEUX DE LAISSER LE BOUQUET DEVANT LA PORTE... ET DE REVENIR PLUS TARD
NON...

EUH...
AH BON ?
MAIS POURQUOI ?!
J'AVAIS RAISON... LES PARFUMS SONT DES EAUX MAGIQUES QUI RENDENT LES GENS HEUREUX
LE PARFUM / FIN

Les flacons de parfum portent toujours des noms ravissants, et sont de vrais objets d'art en eux-mêmes. Même quand je n'aime pas particulièrement l'odeur d'un parfum, il arrive que je me laisse charmer par la forme de la bouteille, et je finis toujours pas l'acheter. Mais un parfum s'altère au bout d'un an, si la bouteille est ouverte, et c'est vraiment dommage qu'ils deviennent des objets purement décoratifs... Un parfum ne révèle sa vraie valeur que lorsqu'il rentre en contact avec la peau de la personne qui le porte, on ne peut pas connaître sa véritable senteur tant qu'on ne l'a pas essayé. Dans mon cas, par exemple, les parfums à base d'agrumes ne me vont pas du tout... C'est dommage, j'apprécie vraiment l'odeur des agrumes. J'aimerais bien savoir quels sont vos parfums préférés, alors n'hésitez pas à m'écrire pour m'en parler ! J'espère qu'on se retrouvera prochainement...

1er juin 2006

DISPONIBLE
AUX
ÉDITIONS
TONKAM

Kaori Yuki

Vampire Host

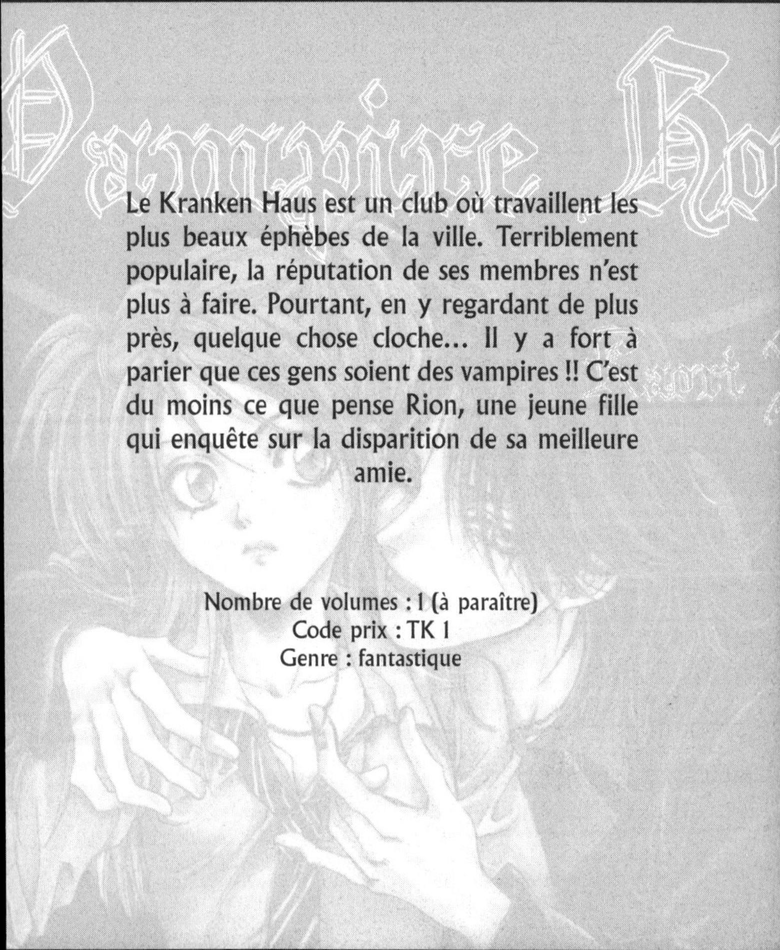

Le Kranken Haus est un club où travaillent les plus beaux éphèbes de la ville. Terriblement populaire, la réputation de ses membres n'est plus à faire. Pourtant, en y regardant de plus près, quelque chose cloche... Il y a fort à parier que ces gens soient des vampires !! C'est du moins ce que pense Rion, une jeune fille qui enquête sur la disparition de sa meilleure amie.

Nombre de volumes : 1 (à paraître)
Code prix : TK 1
Genre : fantastique

Vampire Host

Kaori Yuki

Angel Sanctuary Deluxe

Nombre de volumes : 4 (en cours)
Code prix : TK 5
Genre : fantastique

Sétsuna est la réincarnation d'Alexiel, l'ange organique qui s'est rebellé contre le Ciel. Celui-ci, amoureux de sa sœur, devra jouer contre son gré le rôle d'ange salvateur afin de pouvoir la sauver. Entre romances interdites et complots religieux, nous allons suivre son périple aux Enfers comme au Paradis en passant par l'Hadès, jalonné de morts et de trahisons en tous genres.

Kaori Yuki

Fairy Cube

Nombre de volumes : 3
Code prix : TK 1
Genre : fantastique

Ian Hasumi, surnomé Ian le mytho, peut voir des êtres étranges. Il est même constamment observé par Tokagé, une sorte de double de lui-même. Un jour, il est témoin d'un meurtre de fée avant de recevoir un cube étrange du mystérieux Kaito. Que peut bien renfermer cet énigmatique présent ?

Kaori Yuki
God Child

Nombre de volumes : 8
Code prix : TK 1
Genre : thriller

Héritier de la famille Hargreaves, né de l'union contre-nature entre Alexis Hargreaves et sa sœur, Cain est un enfant maudit, rejeté par sa famille depuis toujours... Il ne trouve le réconfort qu'auprès de Riff, son fidèle majordome et Maryweather, sa demi-sœur qu'il retrouve par hasard. Meurtres et suicides en tout genre se multiplient dans son entourage... Pourtant, quand il mène l'enquête, une sombre réalité se dévoile : Delilah, une étrange organisation tire les ficelles et son dirigeant n'est autre que son père !

LE PARFUM
0 NO SOUKOUSHI by Kaori YUKI

First published in Japan in 2006 by HAKUSENSHA, INC., Tokyo
French language translation rights in France arranged with HAKUSENSHA, INC., Tokyo, through TOHAN CORPORATION, Tokyo

6, Cité Paradis – 75010 Paris
Site internet : www.editions-tonkam.fr
E-mail : ecrivez-nous@tonkam.com

Traduction et adaptation : Fedoua Thalal
lettrage et maquette : Éditions Tonkam

1re édition française : juillet 2008

Achevé d'imprimer en France en juin 2008
sur les presses de l'imprimerie Aubin à Ligugé (Vienne)
Dépôt légal : juillet 2008

ISBN 978-2-7595-0167-0